紅《べに》珊瑚《さんご》の島に浜茄子《はまなす》が咲く

山本貴之
Takayuki Yamamoto

日本経済新聞出版

紅珊瑚の島に浜茄子が咲く　目次

装画　服部純栄
装幀　間村俊一

紅珊瑚《べにさんご》の島に浜茄子《はまなす》が咲く

根津権現

根津権現の赤い大鳥居の彼方に青く澄んだ空が広がっている。その空の真ん中に白い入道雲が一つ誇らしげにそびえ立っていた。七つ（午後四時）を過ぎたというのに、容赦なく照り付ける日差しはまだ真昼のように暑い。参道脇の桜並木から時折かまびすしい蟬時雨が湧き起って道行く人々が慌てて耳をふさいでいる。

千代《ちよ》は、着物の襟元から長襦袢の脇下まで汗が染みているのを感じながら、半歩先を行く夫の文三郎《ぶんさぶろう》の後ろ姿を見やった。夏仕様の紺の紬《つむぎ》が夫の広い肩や背中を涼し気に包んでいる。外回りが続いているせいか、首筋が黒く日焼けしているのが目に付いた。

今日は、昼に湯島天神裏の料亭で千代の親戚の祝い事があって、その帰りに足を延ばして根津権現にお参りに寄ることにした。文三郎が少々気詰まりな集まりが終わって軽く息抜きをしたいと言うのに、千代が付き合った格好だ。

文三郎と千代は、本郷から不忍池に向かって坂道を下ったところにある小さな問屋街の一角で文泉堂という紙問屋を営んでいる。

夫は、もともとは武蔵野の農家に生まれた。婚礼前に一度その在所を訪ねたことがあるが、自前で田畑を持っているとはいえ、息子たちに分け与えるほどの分限者ではなく、三男坊の文三郎はやむを得ず江戸表に出てきて行商人になった。

最初は小間物などを扱っていたらしいが、後に紙の行商を始め、仕入先として千代の実家の矢島屋に出入りするようになった。やがて千代の父親に商売の腕を見込まれると、店に手代として入り、若くして番頭格になったところで、暖簾分けを許された。その時には、千代が文三郎に嫁ぐことが決まっていた。

千代は嫁ぐ前に、両親にこぼしたことがある。

「あの人は、商売は上手かもしれませんが、私は本当のところ好きにはなれません」

すると、父の傍らに座っていた母親が、脇から口を出した。

「犬ころだって長らく一緒にいれば愛着が湧くもの。まして、夫婦《めおと》なら、長年連れ添っていれば、こんなものかと慣れ親しむものだよ」

父は黙ったまま何も言わなかった。母は矢島屋の一人娘で、父は薬種問屋の次男坊だった。父が入り婿して矢島屋を以前にも増して守り立てたのだが、両親の間には娘にはうかがい知れない葛藤があったのかもしれない。

千代の前を歩いていた文三郎が、急に振り返ると、苦笑いを浮かべて言った。

「こう暑くちゃ堪らないな。ちょっとそこの茶店で休んでいこうか」

根津の参道脇には、いくつか茶店があり、どこも参詣の後に涼む客でほどほどに賑わってい
た。夫は、頼んだ饅頭を一口で食べて茶もあっという間に飲み干すと、扇子を取り出してばた
ばたと首筋をあおいだ。それから急に思いついたように言った。
「ちょっとした用事を思い出した。せっかくここまで来たので、この近くのお得意さんに頼ま
れた用を済ませていこうと思う。さほど時間はかからないけど、千代は先に帰ったらいい」
千代は、ああ、あれかと、とっさに思ったが、軽くうなずいて言った。
「この暑さで体が少し火照ってしまったので、この茶店でしばらく休んでいきます」
「そうかい。じゃ、無理するな。帰りに覗《のぞ》いてみるが、先に帰るならそれでもいいよ」
文三郎は、そう言うと店の主人に「また来る」と小粒を渡して、表に出て行った。
根津の門前町から神社の間には、茶店や料理屋の並ぶ通りの奥に遊郭街がある。夫の用事は
きっとそれに違いないと、千代は半ばやりきれない思いをしながら、自分も立ち上がって店の
外に出た。
日差しが雲にさえぎられて、少し暑気が和らいだようだ。
千代は、十八で七つ年上の文三郎に嫁いで、まもなく二年になる。まだ子供はいない。文泉
堂と名付けた千代の店はまだ新しく、若い奉公人を何人か使っているが、少しでも商売を広げ
ようと千代も自ら店に出て忙しく立ち働いている。
時代は文化から文政に入り、人や物の流れが盛んになると紙の需要も高まってきていた。千

代の実家の矢島屋は、武家や社寺に紙を納めていたが、文泉堂は商家や旅籠を主な得意先にしている。この根津にも得意先はいくつかあるが、夫の素振りからは、この夕暮れに得意先回りをする気を張った様子は窺えなかった。女の勘である。

千代が参道をそぞろ歩いていると、半町ほど先に文三郎の姿が見えた。足早に町屋が立て込んだ辻を曲がって狭い路地に入っていく。後を追うつもりもないが、千代がゆっくりと歩いていくと大きな店構えの妓楼の前で夫が若い女と話をしているのが見えた。女は小柄だったが、脂粉を顔や首筋に塗って濃い化粧をしている。はちきれそうな胸と豊かな腰回りが遠目でも見て取れた。夫は、その女がしなだれかかるのを腰に手を回して慣れた風に抱きかかえると妓楼の中へ入っていった。

千代は、道を引き返した。自分は、細身で上背があって立ち姿がきれいだと言われたことがあるが、どうやら夫の女の趣味とは違うようだ。

また日差しが戻ってきたが、先刻のような蒸し暑さは感じない。根津権現の境内には広い庭があって、池があり小川が流れている。千代は、青々と茂る躑躅《つつじ》の葉の群れを眺めながら、小さな橋の袂に佇《たたず》んだ。

何をしたいわけでもない。ただ、気怠《けだる》かった。

しばらく物思いに耽った後、ふと気づくと、同じように橋の欄干を前にして若い侍が佇んでいる。黒灰色の袴を着けて脇差を手挟んでいるが、どういう身分の武士なのか、ちょっと見当がつかなかった。別に千代に話しかけるでもなく、やはり小川のせせらぎの向こうに茂る躑躅を見るともなく見ているようだ。

千代は、ふと男の横顔を見て、ことのほか驚いた。少し憂いを感じさせる容貌だが、際立つほどに凛々しく整っている。いわゆる役者顔ではなく、武家風の端正な顔立ちだが、若いせいか、品の良さとともにどことなく清々しさも感じられた。

「木々の緑を見ていると不思議と心が和みます」

男がつぶやくように言って、千代の方を向いた。正面から見ても、男の端正な美しさはゆるぎなかった。千代は軽くうなずいた。

「この庭の奥にささやかな庵ですが少し涼めるところがあります。実は、先ほど立ち寄ったのですが、軽く食事するには早すぎる頃合いでした。よろしければ、ご一緒にいかがですか？」

千代は、とっさに断ろうと思ったが、どうしたことか、口は「ええ」と逆の言葉で応じていた。

男は、先に立って境内の奥庭の小道を進み、少し坂を上ると、そこに数寄屋風の侘びた構えの小さな料亭があった。男が玄関に立つと、どこからともなく中年増の艶のある女将が現れて、二人を二階の座敷に案内した。障子を開けると、広縁から根津の緑豊かな森が一望できて千代は久しぶりに心がゆったりと癒される思いがした。微かにそよぐさわやかな風が火照った肌に気持ちがいい。

女将が、よく冷えた酒と湯引きして梅肉を乗せた鱧《はも》に、柔らかく煮て冷やした冬瓜《とうがん》と茗荷《みょうが》を添えて「どうぞ」と声を掛けた。

「よろしければ」

男が差し出す青い瑠璃の片口から冷酒を色違いの赤い瑠璃の盃で受けると、二人で一瞬目を合わせてから千代は一息に飲み干した。酒を飲むことはついぞなかったが、喉からすうっと芳醇な潤いが胃の腑に滴り落ちて身体に染み渡った。酸味の効いた梅肉と鱧の取り合わせは絶妙で、冬瓜は口の中で甘くとろけた。

千代は、気づいたら男と唇を合わせていた。座敷の隣の部屋には床の用意がしてあるのが見えた。汗だくになった着物を衣桁《いこう》に掛けるのももどかしく、千代は一刻も早くあらゆるものから解き放たれたいと望んだ。やがて一つになった時には、後ろめたさよりも、生きている喜びを満喫している自分を知って、この甘美な瞬間がいつまでも続けばいいと秘かに願った。

男は、先に帰っていった。女との遊びに長けた雰囲気は微塵も感じられず、むしろ所作のあちこちにどことなく初々しさが目立った。千代の姿を見て何度も「きれいだ」と心の底から感嘆する声を発していた。

千代は、しばらく放心していたが、やがて身づくろいを済ませると、何事もなかったように料亭を出て、庭の小道を下り、夫と別れた参道脇の茶店をのぞいた。

文三郎は、手持ち無沙汰に、一人で味噌を舐めながら、徳利を傾けて酒を飲んでいた。

「おや、まだいたのかい。どうしていた？」

千代は、夫の斜め前に座って、さりげなく居住まいを正した。

「涼しくなったので、少しこの辺りを歩いていました」

「そうかい。よかったら、千代も少し飲むか？」

夫は気持ちよく酒が回って、千代の目元が赤いのに気づかないようだった。

「そうね。せっかくだから、少しもらおうかしら」

「お、珍しいな。じゃ、もひとつ徳利と猪口を頼もう」

文三郎は機嫌よく言うと、店の小僧に酒の追加を注文した。

千代は、ようやく夕暮れの気配を漂わせる参道の道筋を眺めながら、わずか半刻ばかり前の目くるめく至福の時を思い出していた。

侍は、帰り際に、

「三年後、いや四年後に今日お会いした橋の袂にいます」

と言い残して去っていった。

四年後の夏の日の午後に根津の橋に佇む自分の姿を想像して、千代は軽く首を振った。

「ありえないわ。その時には、どうなっているか、わかりゃしない」

少し蓮っ葉な言葉を小さく口に出して、程よく酔って心地よさそうに手酌で徳利を傾けている夫の赤ら顔を正面に見た。

やがて二人は連れ立って店に戻ったが、その後ろ姿を離れて見守る若い近習姿の侍がいるのを千代たちが気づくはずもなかった。

江戸藩邸

座敷奥に掛かった軸絵には、天を衝くような急峻な山々が黒々と墨で描かれている。その手前には、白い百合の花が淡い灰白色の花瓶に生けられて、武骨な床の間に慎ましやかな彩りを添えている。燭台の明かりに障子が白々と照らされているが、部屋は襖も障子も閉め切っているせいか、熱気がこもって蒸し暑かった。

中条新之助《なかじょうしんのすけ》が、江戸留守居役の執務部屋に入るのは、着任以来今日で二回目である。もっとも今日は、扇子をしきりに動かして渋面を作っている年配の留守居役を、新之助は平伏したまましばらく見上げることができなかった。

「それで、響四郎《きょうしろう》殿が、昌平坂学問所に行ってから、どうしたか。もう一度申せ」

留守居役のしわがれた声が聞こえた。新之助の脇には、上役の江戸藩邸詰めの近習頭が頭を下げている。その横には同僚の桃井助之丞《すけのじょう》がやはり身じろぎもせずに平伏していた。新之助は、恐る恐る声を出した。

「八つ半（午後三時）には学問所の講義が終わりまして、某《それがし》と桃井が供をして藩邸に戻る途中、響四郎殿は、急に根津権現に参詣したいと申されました。それで、湯島から根津まで参って参詣を終えましたところで、あまりの暑気にしばし休みたいとおっしゃられ、庭の奥にある霞亭に立ち寄られました。そこで大刀をはずされ、桃井がそれを預かると、少し散策すると外に出られたので、私が随行しました」

「それから、いかがした？」

「響四郎殿は、しばらく森の中を歩いていましたが、小川を見つけて、そのまま川沿いに参道の橋まで歩き、その袂で涼んでおりました」

「そこで女と出会ったのだな」

「はい、どちらからともなく声を掛けられ、二人で霞亭に参られて、二階に上がられました」

「霞亭に入るところを誰も見ておらぬのだな？」

「はい、おそらく大丈夫かと。霞亭は、桃井が一足先に訪れて来客の有無などを尋ねましたが、その日は客の予定はないのでゆるりとお使い下さい、とのことでした。実際に、神社の庭の相当奥まった所に霞亭はあり、ほかに訪れる人の姿は見当たりませんでした」

「その程度で大丈夫とは言えんな。で、二人は二階で食事をとった後に床入りしたと？」

「某《それがし》と桃井は一階に控えておりましたが、店の女将からはそのようにほのめかされました」

「その女は、鉄漿《かね》は付けてなかったのか?」

「女将の話では、まだ年若い女房でしたから、付けてなかったそうです」

「で、後をつけたのか?」

「はい、女はその後日那らしき男と参道脇の茶店で落ち合って、そのまま家に帰りました。

某《それがし》はその後を追いました」

「それで、何者だったのだ?」

「根津の坂下にある文泉堂という紙問屋の内儀でした」

留守居役は、ふうっと深いため息を吐いた。

新之助は、平伏したまま黙っていた。

「よろしくないな。響四郎殿の女遊びにも困ったものだ」

「いえ、このようなことはまったく初めてで……。それに」

「それに、何だ?」

「橋の袂に立つ二人の姿は一幅の錦絵のようでした」

留守居役は、一瞬押し黙ったが、すぐに吐き捨てるように言った。

「女が美形だった、ということか。そんなことを聞いておるのではないぞ」

隣で、近習頭が顔を上げた。

「文泉堂はわが藩邸との取引はなく、その親元の矢島屋からは若干の紙を受け入れておりますが、大した額ではないと聞いております」

留守居役は、再び声を高くした。

「よいか。響四郎殿は、藩公の弟君であらせられるだけではなく、目下さる藩からの縁組の話も参っておる。今が一番大事な時だ。そこで、この不祥事。これが公になれば、事と次第によってはその方らが腹を切ったぐらいでは済まされんぞ」

新之助は、近習頭と桃井が「ははっ」とさらに頭を低くしたのに合わせて、自分も額を畳に擦り付けた。一瞬息が詰まった。月代《さかやき》を流れる汗が畳にしみこむまでしばらく頭を上げることはできなかった。


開け放った障子の間から、中庭に点在する百日紅《さるすべり》の群れて咲く紅白の花が目に鮮やかに映った。夕刻になって微かな涼風が室内に入ってきている。新之助は、藩邸の奥座敷にある響四郎の書見部屋に江戸留守居役と近習頭の後に従って入り、平伏して後ろに控えた。

「響四郎様。わが藩としては、この羽州新田藩との縁組、是非にも進めたいと考えております。もちろん兄君の上様にもご承諾をいただいております」

江戸留守居役が、響四郎の前に座って深々と頭を下げた。新之助は平伏したまま黙って二人のやりとりを聞いている。

新之助は、この江戸留守居役が、響四郎のことを陰で「部屋住みの末子殿」とやや蔑んだ呼び方をしているのを知っている。前藩主、すなわち響四郎の父が先年隠居して、長兄が家督を継いだ。今の藩公である。その下に男子が三人いたが、次男は病弱で若くして夭逝し、三男は一昨年隣国の小藩に婿として迎えられた。その藩は、藩主の子が女子しかおらず、継嗣を迎えるべく早々と養子縁組を進めたのである。留守居役としては、今ここで響四郎が片付けば、藩主一族の子弟の始末はひと段落となる。すでに今の藩公には嫡男が生まれて健やかに育っていた。

「いささか突然の話だな。仔細を聞こう」

響四郎は穏やかだが、毅然とした口調で話を促した。

留守居役が顔を上げて熱弁をふるいだした。

「すなわち、先頃羽州新田藩の藩主が流行り病に罹り急に亡くなりまして、急遽跡継ぎを探されているのでございます」

「その話は、聞いた。しかし、新田藩とあらば、田地を開墾して新たにつくった支藩で、そのような場合は本藩からしかるべき継嗣が出されるものだろう」

「さようにござりまするが、あいにく本藩にはすぐには適したお方がいないようです」

「それが、まず解せぬ。さては、他藩からの持参金を当てにしているのか？」

「いや、そのようなことではござりませぬ。もちろん然るべく用立ては致しますが、わが藩もいささか手元不如意につき……」

響四郎は、穏やかに微笑んだ。

「あるいは図星のようだな。しかし、それで公儀が果たして縁組を認めるのか？　末期養子は禁じられているはず。本来なら世嗣断絶として改易となるのが定法であろう」

留守居役は、いったん頭を下げて額の汗をぬぐうと再び顔を上げた。

「それが今回は、お目こぼしをいただく手筈ができております」

「それがまた解せぬな。幕閣に金でも撒いたのか？」

「いや、そのようなことではございませぬ。当藩と日頃から付き合いの深い浜松藩の水野忠邦公の斡旋にござります」

響四郎は、ふと眉を曇らせた。

「水野様といえば、確か大坂城代から京都所司代に移られた？」

「はい、まもなく西の丸の老中にも上がろうかという、今や飛ぶ鳥を落とす勢いの出世頭でござります」

「それが、なぜこの件で周旋の労を取られるのか？」

「もちろん羽州新田藩からのたっての願いがあってのことでござるが、水野様ならではのお考えもあるやに側聞しております」

「ますます解せぬな。では、ひるがえって当藩にとって、どのような利点があるのか？」

留守居役は首を左右に振りながら、再び熱弁をふるった。

「それは言うまでもございません。響四郎様が藩主となられ、しかも羽州本藩との縁ができれば、当藩としては願ったりでございましょう。羽州藩は外様とはいえ十五万石の大藩。譜代三万石のわが藩としても、この縁組は大きな礎となりましょう」

響四郎は、再び微笑んで言った。

「なんのための礎かな。さては、兄上は、水野様より奏者番に推されるなどして幕閣入りでも狙っていると見える」

留守居役は、懐から懐紙を出して、再び額の汗を拭いた。

「いや、まあ、その……。ところで、水野様の浜松藩から使者が参っております」

「わしにか?」

「はい。塩田恭之介《きょうのすけ》という勘定方吟味役を務める藩士ですが、先年の蝦夷地での港造りで普請奉行をしていたとか。水野様から直々に書状を預かってきているとのことで」

「何やら大仰だな。ならば客間にお通しするがいい」

「では、この縁組のこと、何卒よろしくお願い申し上げまする」

留守居役の念押しに、響四郎は深くうなずいた。

「あいわかった。要領を得ぬこと甚だしいが、藩の方針ということならば、お受けせざるを得まい」

留守居役は、それを聞いて安堵したのか、ふうっと深い息を吐いて、さらに一言付け加えた。

「それともう一つ。まことに申し上げにくいことですが、一昨日のようなことはぜひとも慎んでいただきませぬと……」

響四郎は、それには何も答えなかった。


半刻の後、新之助は、響四郎が塩田恭之介という浜松藩士と会うのに同席を命じられた。留守居役と近習頭は藩主に縁組承諾を急ぎ復命したいとのことで、新之助だけが響四郎の後に従って客間に入り、座敷の隅に控えた。

初めて見る塩田という浜松藩士は、涼やかな顔立ちをした壮年の侍だが、挙措に隙がなく、研ぎ澄まされた身のこなしが、一流の剣士であることを窺わせた。

「わざわざ浜松から江戸の当藩屋敷までお越しいただいて大変ご苦労にござる」

響四郎が旅の疲れをねぎらうと、塩田は、

「本日は、お目通りさせていただき、かたじけなく存じます」

と礼儀正しく応じて、懐から書面を出した。

「主《あるじ》の水野からの書状ですが、こちらは後ほどお一人でお読みいただければと存じます。中に、拙者の著した『蝦夷秘説』という書物の抄録が入っております」

響四郎はうなずいて、塩田に茶菓を勧めた。

「塩田殿は、蝦夷地に参っておったとか?」

塩田は一口茶を含むと、茶碗を置いて落ち着いた口調で答えた。

「彼の地に三年ほど滞在して、港造りを手伝っておりました」

「さぞ、難工事でありましたでしょうな」

「たしかに。ところで、今日参りましたのは、その事といささか関係がございます。よろしければお人払いを……」

響四郎は、ふと新之助の方を見たが、すぐに軽く首を振った、

「あの者は、長年某《それがし》の側近くに仕え、こたびも一緒に新田藩に連れていくつもりです。塩田殿のお話が、そのことに関わりがあるのでしたら、あの者にもぜひ話を聞かせたいと思いますが……」

「承知致しました。まず、このたびは、羽州新田藩とのご縁組、誠におめでとうございます。わが主も大変喜んでおります。ところで、これから殿が治められる新田藩ですが、日本海沿いにおよそ一万五千石の水田が広がり、ご城下も大変お美しい所と伺っております」

響四郎は、微笑んで軽くうなずいた。

「塩田殿。お言葉は大変ありがたいが、なにぶん新しい藩ゆえ城下というほどの街並みがあるはずもなく、藩主の館も土地の土豪などとおそらく同じような構えでありましょう。あまりお気遣いなされなくても結構です」

塩田は、響四郎の言葉にうなずいて、ふと目を上げた。

「ところで、ご領内に日本海に面して小湊という港がございますが、そこから北西に海上を八里ほど進んだところに島があります。浜辺には小さい漁村がございまして、そこは、幕府の天領でございますが、新田藩への預け地となっております。その島の浜の砂地に夏になると赤い浜茄子《はまなす》の花が咲きます。ですから土地の人は、この島を華島《はなしま》と呼んでいます」

新之助は、おもわず耳をそばだてた。初めて聞く名前の島だった。

響四郎も興味をそそられたようで、短く言葉を挟んだ。

「浜茄子は、もっぱら蝦夷地に咲く花かと思いました。羽州の沖合に華島ですか」

「その島が、わが藩主水野忠邦にとって、今最も気になる場所になっております。その所以《ゆえん》を、これから申し上げます」

そうして塩田から聞いた話は、新之助にとって驚くべき内容だった。顔色一つ変えずに黙って聞いていた響四郎にとっても、思いもよらない密事だったろう。そのようなことがあっての、幕府による末期養子容認であり、水野忠邦公の斡旋であり、そして羽州本藩ではなく、この譜代遠州浜名藩の響四郎に継嗣として白羽の矢が立ったということだった。

塩田の話を聞いて響四郎はしばらく沈思黙考していたが、やがて深々と頭を下げて礼を言った。

「なるほど、そういうことでしたか。図らずも大変貴重なお話を承った。厚くお礼を申し上げる」

塩田が退席した後、響四郎は部屋が暗くなるのも厭《いと》わずに、新之助に脇息を持ってこさせると、しばらく思案に耽っていた。そして、部屋に新之助が残っていることに改めて気づくと、

「このこと他言無用だな。今日はいろいろとご苦労だった」

と声を掛けた。新之助は、容易ならないことになったと感じながら、暮れなずむ藩邸内をひっそりと近習組の長屋に帰っていった。

それからひと月近く経って、藩邸内の中庭に赤とんぼが飛び始めた頃、響四郎は、羽州藩の江戸屋敷に養子縁組と新田藩の跡目相続の挨拶に出向いた。その後は、然るべき幕閣重臣へのお礼回りや来るべき将軍家へのお目見《めみえ》の準備など、定められた段取りに従って藩主就任に向けたさまざまな手続きを慌ただしく進めていった。

響四郎が、種々の儀式や繁多な用務を終えて、藩主として羽州新田藩へ向かったのは翌年の春先である。羽州本藩藩主の国元に帰る参勤交代に付き従ったわけだが、これに随従する自藩より連れてきた藩士はわずか五名で、その中に近習組の中条新之助と桃井助之丞が含まれていた。荷物も長持ちと葛籠《つづら》がそれぞれ数えるほどで、至って簡素な大名の婿入りとなった。

文泉堂

木々の葉がようやく赤や黄に色づいてきて、夜が長く感じられるようになった。

千代は、季節の移り変わりを感じる暇もなく、連日忙しく店で立ち働いていた。近所に錦絵や絵草子が好きな隠居がいて、その紹介で神田の書肆《しょし》に絵を卸している刷り職人の工房に紙を新しく納めることになった。千代は店の商いの広がりにわずかながら手応えを感じていた。

夫の文三郎は、得意先の外回りに出かけた後、紙問屋の集まりがあると言って、時々酒臭い息を吐いて夜遅く帰ってきた。なんでも江戸の紙問屋で株仲間なる組合をつくって、あらかじめ決めた値段で産地から紙を一手に買い占めることを談合しているらしい。

「この株仲間に入れるかどうかが、文泉堂が押しも押されもせぬ江戸の紙問屋として立っていけるかどうかの勝負の分かれ目だ」

文三郎は、事あるごとに声を大にして言った。

「わたしは、今のお店を少しずつ大きくしていければそれでいいと思っています」

千代が控えめに話すと、文三郎は「そんな悠長なことではだめだ」と鼻で笑った。

株仲間の選定は公儀のお墨付きを得て進めるとのことで、文三郎は老舗の紙問屋はもとより勘定奉行の下役の屋敷などにも出向いて鼻息荒く交渉しているようだ。しかし、千代が親元の矢島屋の跡を継いだ兄の彦次郎にこっそりと聞くと、三代続いた矢島屋でさえ株仲間に入るのは至難の業で、まして新興の文泉堂が入るのは到底無理だろうとの見立てだった。

一方で、さりげなく千代に文三郎の廓《くるわ》通いを耳打ちする女中もいた。根津の遊郭《ゆうかく》に馴染みの女ができて、三日に空けず通っているという話だった。

千代は、さすがに連日悪所通いするほど店の内緒が裕福でないことは文三郎も弁《わきま》えているはずなので、噂好きの女中には、

「うちの稼ぎじゃ、そんなことできるはずないじゃないの」

と笑って首を振っていた。もっとも、あの夏の日に根津で見た光景は、文三郎の廓通いが今でも定期的に続いていることを容易に想像させた。

千代は、時々目くるめくような夏の出来事を思い出すことがあった。その日の商いを締めて、店を戸締りし、女中と一緒に食事の後始末を終えて、住み込みの丁稚を寝かしつけ、隣で夫が鼾をかいて寝返りを打つのを見て、ようやく寝床に入るとふと脳裏にあの日の情景が浮かんでくる。若い品性のある侍の端正な面影と、二階の桟敷から見た一面の森の緑の深さ。そして切なくも狂おしいほどに心と身体が一つになって気持ちが昂った瞬間……。

千代は、あの一瞬が忘れようにも忘れられない。ただ、出会った侍が何者だったかと詮索す

るつもりはなかった。

昔、父に聞いたことがある。もと徳川家の屋敷だった根津権現の境内には、まだ御館の一部が残っていて、大名やその子弟のお忍びの場所として使われることがあると。町人風情がそこに近づくことさえ躊躇《ためら》われるのに、ましてあの日のあの方は誰ですか、などと尋ね歩くことは許されるはずもなかった。

千代は寝床で考える。男と女は星の数ほどもいるのに、本当に結ばれるべき縁《えにし》のある相手は世の中にただ一組。その一組の男女が、一生のうちにこの広い世間で巡り合うのはまずあり得ない事だ。けれども、万に一つ、億に一つ、そのような相手と出会い愛し合うことができたなら……。千代はあの侍こそが自分が巡り合うはずの相手に違いないと感じた。一瞬でそう確信したからこそ、逡巡もせずに思い切ってわずかな逢瀬の時を一緒に過ごしたのだ。もっとも、その彼に四年後に再び会えるとは、到底望めない気がしたし、あえてそれを願う気持ちも封印していた。

ただ、千代は、今になって自分の身体の奥深くに、その縁の証《あかし》が芽生《めば》えつつあるのをひそかに自覚していた。

店の前では、枯れ落ちた銀杏の葉が乾いた音を立てて土埃と一緒に舞っている。

その日は、どうしたわけか気の抜けない大事な客が絶え間なく続いて、店を閉めた後、千代はひどく疲れていた。夜も更けて、しばらく夫の文三郎の帰りを待っていたが、なかなか帰ってこないので、やむを得ず千代は先に床に入って休むことにした。

ちょうど木戸が閉まる頃合いだろうか。誰かが勝手口の戸を叩く物音がした。若い女中が起きて戸を開けたようだ。どうやら夫がへべれけに酔っぱらって帰ってきたらしい。ふらつく足音がして、台所で水を飲む音がした。と思ったら、黒い影がのそりと寝間に入ってくると、暗闇から急に手が伸びてきて床の中にいた千代の腕をつかむと強引に布団の外に引きずり出した。

あっと驚いたら、突然夫がのしかかってきた。

千代は、夫の髭面が頬に当たって痛いのを我慢しながら、慌てて夫の手をふりほどいて半身を起こすと「いったいどうしたの？」と声を上げた。

「どうしたも、こうしたも、ないさ。どいつもこいつもばかにしやがって」

どんな時でも大概落ち着いた態度を見せる夫にしては、酒のせいとはいえ、この日ばかりは別人のようだった。

夫は、千代の寝巻の前をはだけると、手を腹に当ててへその周りの白くて柔らかい肉をつかんだ。

「おい、この子供は誰の子なんだよう？」

千代は、両手に力をこめて文三郎の手を押しやると、

「誰の子でもない、あなたの子です」

と上ずった声で答えた。

「ふん、そうかい」

夫は、そうつぶやくと、急に深酒の疲れが出たのか、千代の隣にごろりと寝転がるとすぐに大きな鼾をかき始めた。千代は、夫のそばにいるのが怖くなった。


そのようなことがあってから、夫の様子が変わった。どことなく仕事に対して投げやりになった。商売をないがしろにするわけではないが、しかし明らかに以前と違って、少しでも取引を広げようとする強い熱意が感じられなくなった。

千代は、兄の彦次郎から、矢島屋は紙問屋の株仲間にかろうじて入れたが、文泉堂は歯牙にもかけられず株仲間の選に漏れたと知らされた。一方で、情報通の女中からは、文三郎が馴染みにしていた根津の廓の女が、神田の古手問屋の老主人に身請けされたと耳打ちされた。

千代には、どちらが文三郎にとって、より大きな痛手だったかは見当がつかなかった。それに自分の一度だけの不義密通がどこまで夫に知れているのかも、心底わからなかった。


正月が明けてしばらくすると、夫は突然伊勢参りに行くと言い出した。おそらく何かこれまでと違った節目を自分で作り出したかったのかもしれない。世の中では、お蔭参りと称して、雇い人が店の主人に黙って伊勢詣でに加わる抜け参りなどというものも流行っていた。千代は迷ったあげく、夫が望むならばと、快く伊勢参りに送り出すことに決めた。

湯島、根津、千駄木、谷中あたりの商店主が中心となった講が以前から伊勢参りを企画しており、夫はそれに遅れて参加する形で、立春を過ぎて梅がちらほらと咲き出した頃に十数人の集まりに加わって出かけていった。

江戸と伊勢を往復するお参りの行程は、ざっとひと月と言われていた。もっとも商店主が寄り集まった伊勢講には年寄りも加わっていたし、多少は物見遊山もするだろうから、送り出す女房や雇い人たちは、ひと月半はかかるだろうと見込んでいた。

文三郎が出かけた後、千代は矢島屋の彦次郎と相談しながら、一生懸命得意先を回った。株仲間から外れた文泉堂は、得意先に売る紙を株仲間に入った同業者から分けてもらわざるを得ず、少なからず手間賃を取られるため、どうしても仕入れ値が高くなった。取引相手には事情を話して納得してもらい、一方で矢島屋を介して安く紙を仕入れるようにしたが、矢島屋と文泉堂では、客筋が違うため扱う紙の種類も異なり、取引は必ずしもうまくかみ合わなかった。

「結局、諸物価高騰の折、紙の値段を安定させて庶民の暮らしを助けるとか言って、いいことは何もないじゃないの」

千代は、夫より二つ年下の彦次郎とは相性が合うせいか子供の頃から仲が良かった。特に歳の離れた長兄が小さい頃に麻疹で亡くなってから、彦次郎は両親に大事に育てられたせいかおっとりとした性格で、しっかり者の千代は、この兄に何でも思ったことをずけずけと言った。

「いっそ問屋を介さずに紙を直接産地から買い付けて闇で売ろうかしら」

千代のため息まじりの独り言に、彦次郎は慌てて強い口調でたしなめた。

「馬鹿な事を言うもんじゃないよ。そんなことをしたら、お上からお咎めを受けるし、同業の紙問屋からも爪弾きにされるよ。まあ、今が我慢のしどころだ。こんな統制はそう長く続くとは思えない」

彦次郎になだめられて、千代は少し機嫌を直した。

「それよりおっ母さんが心配していたぜ。お腹の子は元気に育っているのかい？」

千代はにっこりと笑った。

「元気も元気。ちゃんと大きくなっているよ」


千代が矢島屋の彦次郎に株仲間が扱わない特殊な紙を商ってみたいと相談を持ち掛けての帰り、店に戻ってくると、ちょうど一丁の駕籠が店の前から慌ただしく引き上げるところだった。

「おかみさん、大変。旦那様が旅先で倒れられて、今駕籠で運ばれてきた」

奉公に来て間もない若い女中が店から飛び出してきて、千代は慌てて奥座敷に入った。

文三郎は、やつれた青い顔をして寝床に身体を横たえている。

すぐに近所の医者がかけつけてきて、丹念に診察した上で、千代を「ちょっと、こちらへ」と別間に呼んだ。そして重々しい口調で告げた。

「ご主人はよくありませんな。腹にしこりがあります。それに加えて、旅に出てまもなく朝になると頭が痛いと言い出して、さらに今朝は突然めまいがして道端で倒れたという。こうなると、腹ばかりか頭にも悪いしこりがあると見た方がいい。あるいは、ほかにもしこりが広がっているかもしれん。痛み止めを飲んで、様子を見るしかないが、はっきり申し上げて厳しいですな」

夫は、伊勢まで行かずに小田原の手前で体調が悪くなって引き返し、品川までたどり着いたところで倒れたとのことだった。

千代は、これまで当たり前にしてきたさまざまな事が今日から全く何もかも変わってしまうような恐れを抱いた。そして、自分がしっかりしなくては、と心の中で念を押したが、同時に足元から崩れ落ちそうな不安も感じていた。

さらにひと月ほど経って、穏やかな春風が心地よい季節となった。

千代が、花が咲いた桜の枝を寝間の隅に飾ると、文三郎は、「きれいだな」と珍しく張りのある声を上げた。今日は夫の身体の具合がいいのかもしれない。千代は、文三郎に寄り添って、少し身体を抱き起こして背中をさすった。

「悪いな。千代にはずいぶんと面倒をかけている」

「そんなことはありませんよ」

千代は言いながら、やせ細って骨が浮き出た夫の背中に掌を当ててゆっくりと撫でるように上下に動かした。

「ところで、子供の名前は決めたのか」

文三郎の問いに、千代は軽く首を振った。

「おれは、男なら大蔵《たいぞう》にしてもらいたいと思っている」

千代は、軽くうなずいた。もうだいぶお腹がせり出している。

「女なら千代に任せる。あんたが決めたらいい」

千代は黙ってうなずくと、ふとひらめいた字があった。

「お夏ではいかがでしょう？　暑い夏の盛りみたいに元気な子に育つようにと」

「お夏か。おれはもう少しおとなしめの名前が好きだが……。ま、千代がいいなら、それでいいさ。決まりだ」

夫は、うっすらと微笑むと、少し疲れたのか、横になった。

「なあ、今更こんなことを言うのはおかしな話だけど、おれは、これまで好き勝手やってきた。お前のことを構わずに迷惑ばっかりかけてきた。だから、千代は、これからは好きに生きればいい。もっと早く気づいて言ってやればよかったな。まあ、おれも自分のことで精一杯で……。情けないよな。この通りだ。……本当にありがとよ」

千代は、夫が目に涙を溜めているのを見た。

「どうか、元気を出してくださいな。お礼を言うのはわたしの方ですよ」

千代が言うと、夫は嬉しそうにうなずいて、首を回して部屋の桜を眺めた。

それから数日して、文三郎は帰らぬ人となった。

千代は、葬儀の間、喪主として丁重に多くの客を迎え、女中らを差配して慌ただしくも気丈に立ち振る舞った。そして四十九日が過ぎて全てが一段落した時、一人静かに泣いた。

文三郎は、悪い人ではなかったと思う。一途な人だっただけだ。自分の力で店を起こし、それを繁盛させて、故郷に錦を飾りたい。その生きる目標に向かう過程に矢島屋があり、そこに千代がいた。千代は、文三郎の思い描く完成形に至る部材の一つだった。それを千代は夫婦になる前から悟っていた。最初から男と女では無かったのだ。しかし、それを千代は非難しようとは思わない。ただ、男としてはそれでいいかもしれないが、それに付き合う女は寂しくて堪らない。千代は、大きなお腹を抱えて、暮れなずむ春の日を見上げながら途方に暮れている、そんな自分を妙に冷めた気持ちで見つめていた。

羽州新田藩

江戸では桜が咲く季節なのに、この奥羽の地ではまだ地面を厚い雪の層が覆っている。その雪深い真っ白な原野の先に、灰色に曇った空の下、白波を見せる荒れた日本海があった。

「吐く息が凍るとはこのことだな」

中条新之助が斜め後ろに立つ桃井助之丞を振り返って言うと、桃井は手の甲で頬をさすりながら軽く首を振った。

「いや、真冬はこんなものではないらしい。吹雪の日は横殴りの雪と風にあおられて一寸先も見えず真っ直ぐ立っておれぬと土地の者から聞いた」

野袴に手甲脚絆を付け、さらに笠とかんじきで雪に備えているが、吹き寄せる風は羽織袴を通して体温を奪っていく。これ以上の寒さに備えるとなると、土地のマタギに頼んで毛皮でもあつらえてもらうしかない。

「あの海の先に華島という天領があるのか？」

桃井の問いかけに、新之助は「うむ」とうなずいた。響四郎に口止めされているので、浜松藩の塩田恭之介から聞いた話を新之助は誰にも話していない。ただ、桃井には、華島という海上八里離れた小島の存在だけは伝えてある。

「来月には、本藩から浜御前の輿入れがある。その後に、河村善太夫殿があの島に渡る手筈になっている」

河村善太夫は、かつて藩の郡奉行《こおりぶぎょう》の下で代官を務めていた中年の侍である。響四郎の羽州新田藩に付き従ってきた藩士は、近習組の新之助と桃井に加えて、郡代官の河村、それに勘定方から来た三十路で小男の大梶兵太、普請組からは若手で大兵の城山俊平のあわせて五人である。新之助と桃井は、元来江戸屋敷詰めだが、ほかの三人は藩領から江戸勤番となり、河村は妻に先立たれたが子がなく、後はいずれも独り身だったことから新田藩への随行を命じられた。

「一度島に渡ったら、この荒れた海だ。なかなか戻ってはこれまいな」

「冬場は厳しいだろう。しかもここの冬は長い。難儀だな」

二人は、河村の行く末と自分の将来とを重ね合わせながら、凍える顔に吹き付ける雪を手で何度も払った。次第に笠に積もる雪が白い厚みになってくる。湿った重い雪が頭と肩に重くのしかかっていた。

羽州本藩からの派手やかな行列が街道伝いに新田藩の藩主館に近づいてきた。

藩主館は、形ばかりの堀に囲まれ、隅に物見やぐらを備えた大きな陣屋に過ぎないが、新田藩では一応「城」と呼んでいる。その城ならぬ館を取り囲むように、堀端には梅や桃や桜が半ば雑然と植えられている。その梅も桃も桜も数日前から一斉に開花して殺風景だった土地の雰囲気が一変した。春を告げる鶯まで飛来して館を中心に街も村も全てが一気に華やぎ、新之助は初めて見る北国の春に心を躍らせた。

今日は浜御前の輿入れの日である。浜御前は、羽州本藩の藩主の従妹で響四郎より一つ年上の二十二と聞いている。藩主一族の重臣の息子に十七で嫁いだが、一年も経たずに離縁になった。その理由は、いろいろと取り沙汰されているようだが、新之助は詳しくは知らない。ただ、この姫の輿入れで響四郎の身の回りが落ち着けば、それはそれで歓迎すべきことだと素直に思っていた。

警護の侍と足軽の後に、女房衆の駕籠に挟まれて浜御前の一段と華やかな女駕籠がしずしずと進んでくる。その後ろに長持を捧げた人の列が続き、さらに葛籠を担ぐ人が長々と列をなしている。

新之助は、どうしたわけか、ふと昨年の夏に根津権現の参道の橋の袂で見た商家の若女房の姿を思い出した。清楚な着物姿だったが、響四郎と二人で立ち並んだ情景は今でも美しい一幅の錦絵のように脳裏に明瞭に残っている。思えば、あの日から侍として生きる道筋が目まぐるしく移り変わり、今は遥か遠く北の国まで来てしまった。

新之助は、遠州浜名藩の江戸屋敷詰の藩士の家に生まれた。母は新之助を生んですぐに産後の肥立ちが悪く亡くなった。だから新之助は母の面影を知らない。父は後添えをもらわず新之助を男手一つで育てながら藩務に精勤し、江戸屋敷の用人の地位まで上った。浜名藩では、用人は江戸家老とも称される留守居役に次ぐ重職だが、就任してまもなく父はそれまでの激務がたたって心ノ臓の発作で急逝した。

そうした父の功績があって新之助は元服してすぐに近習組に取り立てられた。もっとも、その仕えた主は、部屋住みの響四郎である。響四郎は、新之助の父が長兄や次兄らと分け隔てすることなく親身に仕えてくれたことを多とし、新之助を単なる側仕えの家臣としてではなく心を許して相談できる相手として接してくれた。

もともと部屋住みとして屋敷内で孤独な扱いを受けていた響四郎には、ほかに親しく話せる者がいないという事情もあった。だが、新之助の見るところ、元服してからの響四郎は然るべき大名家の後を継ぐ者として著しくその器を広げ、もはや相談相手として自分の出る幕はないと思えるようになった。そして他には明かせないような重い使命を背負って響四郎は新田藩の藩主の地位に就いた。これに付き従って新之助はここまで来たわけだが、自分がどれほどの役に立てるかを考えると、かえって重圧に悩む日々を過ごすようになった。

五里霧中の中で響四郎は誰が味方かわからないまま突破口を求めて呻吟しているに違いない。しかし、自分はその道しるべどころかほのかな明かりにさえなっていない。

新之助は、この焦燥感を紛らわすためだろうか、ふと気づくと薄れつつある江戸の記憶を呼び戻している時がある。そのような折に、あの暑い日の根津権現の情景が情緒豊かな江戸の雑踏を見た最後の思い出として胸に浮かんでくるのだった。

羽州新田藩の藩主館にも規模は小さいながら表座敷と奥御殿がある。新之助と桃井は、普段は表に詰めているが、時として表と裏のつなぎも行う。表を差配しているのは、代々新田藩の家老を務めてきた樋口主膳である。白髪が目立つ痩せぎすの年配の侍だが、今回の養子縁組と藩の存続に関しては、本藩の執政を担う重役衆を相手取り相当な辣腕を振るったとの噂があった。その樋口の下に、用人の久保帯刀《たてわき》と郡奉行の辻三郎兵衛がいる。藩の内政を久保が担い、辻は専ら藩内の農政の元締めだが、商人との関わりも強いと聞く。羽州新田藩は、この樋口、久保、辻の三人の執政で全てが回っている。

響四郎はこの新田藩の領主であるが、江戸からやってきた新参者としてできるだけ藩政から遠ざけておこうとする家老以下の思惑がどうしても見え隠れする。一方で、響四郎の藩主としての思考や力量を測っているところもある。これに対し、新之助の見るところ、響四郎はあまり焦ることなくゆったりと構えているようだった。

田植えの季節になり、水田に水が張られ、村人総出で歌を歌いながら苗を植える姿を見るようになった。

江戸では見られない光景に、新之助は少しばかり心が和む気がした。藩主以下質素な暮らしをしているが、水が良く米も魚も美味い。新之助もようやく北国の土地と人情に馴染んできたのかもしれない。一方で、同僚の桃井は、もともと役者顔を自認しているせいか江戸の粋な侍姿を装うところがあり、この田舎の雰囲気が性に合わないと常日頃からこぼしていた。

「響四郎殿は、今度来た奥方の寝所には輿入れの晩に一度行ったきり、二度と出入りしていないそうだ」

並んで田植えを見ていた桃井が、独り言のように言った。

新之助は、驚いて横を向いた。

「そんな話をお主《ぬし》よく知っているな」

「なに、女中衆の間では専らの噂だ」

いつの間に桃井がそんな奥御殿の情報通になったのか、新之助は不思議だった。

「相性の問題か。それとも江戸から来た新領主を警戒して疎ましく思っているのか。あるいは小藩出身の響四郎殿を蔑んでいるのか、どれだ？」

「さ、わからんな。拒否したのは奥方の方らしいが、響四郎殿も別にこだわってはおらんようだ」

新之助は、かつて浜御前が離縁になった理由もこの話とどこかでつながっているような気がした。あるいは浜御前は、響四郎を監視するために本藩から遣わされたが、情を通じるまでもないと思ったのか？　それとも子ができて血筋が交わっては面白くないとの思いがあるのだろうか？

梅雨の始まる前に、河村善太夫は、百石ほどの船を仕立てて華島に渡っていった。夏の間は、何度か島と本土を往復して、島の検地を手伝いながら村役人らとも親しく交わって、島人の暮らしぶりをよく見てみたいと言っていた。いずれは無人となっている代官所を建て直してそこに移り住むつもりらしい。そのためか、普請組から来た城山俊平も河村に付き添って華島行きの御用船に乗り込んでいる。

その船は、新田藩御用達の回船問屋、津島屋六右衛門の持ち船で、御用がある時は藩が借り上げるが、普段は、味噌や醤油、酒や油などを藩の港と島の間を行き来して商っているそうだ。津島屋は、このほかにも二百石、三百石の船を何艘か持っていて、日本海側の他藩の港とも交易をして利を得ているらしい。

これを上回る藩随一の豪商が、広瀬藤右衛門という米商人である。もとは羽州本藩の御用商人だったが、藩の後押しを受けて領内の新田開発を一手に担い、日本海に面する荒れた湿地を開墾して広大な田地を切り開いた。それが新田藩の立藩に結びついたわけだが、苗字帯刀を許されて、他の商人とは別格の扱いである。新田藩内には大きな出店があり、番頭が常駐しているが、三代目の当主も時々やってくる。響四郎に挨拶に来た姿を見ると、でっぷりと太った色白の大旦那然とした中年男で、浅黒い精悍な顔立ちの津島屋六右衛門とは好対照だった。

響四郎は、着任以来藩を訪れる種々雑多な客人と会って忙しい毎日を送っていた。新之助や桃井も時には陪席することがあるが、客は武家や商人のみならず、寺の住職や医師、絵師や茶人俳人の類まで多種多様で、響四郎は氏素性が明らかならば拒まず会っている。藩領に関する知見をできる限り貪欲に吸収しようと努めているようだった。

ある日、新之助は響四郎に呼ばれて藩主の執務部屋に参上すると、そこには勘定方出身の大梶兵太がいて響四郎の下問を受けていた。

「それで藩の内緒はどうだ？」

どうやら大梶は、響四郎に命じられて、新田藩の勘定方の帳簿類を丹念に調べて、知り得た藩の勝手向きに関する情報を復命するところらしい。

「それが、思ったよりも豊かな印象を受けました」

「ほう。どこの藩も内緒は火の車なのに、この藩は豊かだと？」

「一万五千石の小さな藩ですから、豊かと言っても限りがあります。藩として江戸屋敷も持たず、城もない上に、藩士の数も少のうございます。ですが、藩士の扶持米を借り上げるほどではなく、質素倹約を旨とはしていますが、出費を極端に切り詰めている様子もありません」

「ならば、わが親元の浜名藩が差し出した入り婿に際しての献上金はどうなったのか？」

「それは、本藩の新田藩存続に向けた幕閣への運動資金の補塡に使ったものと思われます」

「なるほど。逆に言えば、なんとしてでも羽州本藩は新田藩を残しておきたかった、ということか」

「おっしゃる通りです。それに当藩では、商人からの冥加金や運上金が相当な額に上ります」

「広瀬藤右衛門や津島屋六右衛門からの献金か？」

「それに佐藤屋清助という名前も見えます」響四郎は、首を捻った。

「聞かん名前だな。わが新田領の在か？」

「いえ、そうではなさそうです。調べます」

大梶兵太は、訥々とした口調だったが、問われたことに正確に答えていた。

新之助は、着任以来三か月ほどで藩の帳簿類を一通り調べあげた大梶の力量に感服した。妨害や隠蔽工作なども少なからずあったに違いない。しかし大梶は、見た感じは風采の上がらない三十男だが、やるべき仕事を着実にこなしていると新之助には心強く見えた。

「ところで、新之助。その方に頼みがある」

響四郎は、大梶の話を一通り聞くと、新之助の方を向いて言った。

「新田藩の先の藩主、尚久《なおひさ》公が急死されてわしが後を継いだのだが、その死因や、その前後の状況について調べてくれ。用人の久保帯刀にも言っておいたので、大目付に直に話を聞くがいい」

新之助は「ははっ」と応じると、すぐに館奥の御用部屋に向かった。

ちょうど大目付の中根文左衛門は、在室して書見をしていた。背筋を伸ばして書見台に向かっている姿は、長い間藩内の監察を担ってきた四角四面の人柄がにじみ出ているようで、気骨ある顔貌からも、その謹直な人柄が窺えた。

新之助が、響四郎に命じられた旨を話すと、部屋の奥にしつらえた書庫の棚から鍵をかけた文書箱を取り出し、新之助の前に置いた。

「南蛮風邪というのをご存じかな？」

新之助は、少し緊張してうなずいた。

「江戸ではそれほど流行りませんでしたが、南蛮渡来の性質《たち》の悪い風邪でひとたび流行り出すと人がどんどん高熱を発して死ぬという話を聞いたことがございます」

中根は、うなずいて文書箱から一通の書付を取り出した。

「こちらが、先の藩主、尚久公がお亡くなりになった時の藩医了安殿の所見を書き取ったものだ。読まれるがよい」

新之助は、渡された書面を丹念に読み進めた。

文政九年六月三日、藩公、発熱す。しばしば咳き込み、喉の痛み激しく水も飲めず。

その数日後、容態は急変し、必死の看病の甲斐もなく没したと病状の経過が詳細に記述されていた。享年十五とある。元服して家督を継いで間もなくの凶事で、しかも突然の罹患と急逝で跡継ぎを得る暇もなかったようだ。病で倒れる前に羽州本藩の藩主の姪との縁談があったそうだが、立ち消えとなった。その前の藩主は、昨年の冬に三十九の若さでやはり長患いの末に病死している。もともと頑健な体質の家系ではないのかもしれない。先々代の藩主には一男一女がいたが、尚久公の三つ年上の姉は二年前に他家に嫁いでいた。

「流行り風邪だとすると、尚久公のほかにも、藩内で罹った方がいらしたのですか？」

「さよう、およそひと月ほどの間に、足軽小者まで入れれば十数人が罹った。もっとも大方は軽い風邪の症状で治り、重く患って亡くなったのは尚久公を入れて三人ほどだった」

「領民はいかがですか？」

「商家で罹ったものが多くいたそうだが、詳しくは存ぜぬ。確か、津島屋の水主《か こ》頭が亡くなったとか聞いたな。広瀬藤右衛門の所でも、何人か罹ったようだ」

新之助は、百姓ではなくて商家で罹った者が多いというところが気になったが、尚久公の死に毒殺などの疑いがないことを知って、少しほっとした気持ちになった。


その翌日、新之助は、響四郎の供をして、龍胆寺に出向いた。龍胆寺は新田藩藩主の菩提寺である。尚久公の母君で、先々代の藩主の正室の美津姫が出家して今は芳蓮院と名乗って境内の一角に庵を構えていた。響四郎は、新田藩への着任後すぐに一度挨拶に出向いたが、まだ寒い時期であまり言葉を交わす暇もなく早々に辞去したため、改めてご機嫌伺いに参上したいと申し入れていた。

芳蓮院は、上品な整った顔立ちの庵主で、温和な笑みを浮かべて響四郎を迎えた。四十手前だろうか、少しふくよかな体つきにほのかな女らしさを感じさせる。響四郎が改めて尚久公の悔やみを述べると、思わず落涙しそうな悲し気な表情を垣間見せた。

「今思い返しても、誠に残念なことをしました。まさか、あのように急にお亡くなりになるとは……。もともとそれほど堅固な性質《たち》ではありませなんだが、でも近頃は風邪などひくこともございませんでしたのに……」

響四郎は、強いて元気づける物言いはせずに、真摯な面持ちで、

「お気持ちはお察しいたします。何かご不自由なことがあればおっしゃってください」

と伝えて辞去しようとした。すると、芳蓮院は、まだ何か話し足りなさそうな様子で、響四郎に茶菓を勧めると、

「せっかくお見えになったのですから、なにかお聞きになりたいことなどございましたら……」

と話を促した。響四郎は一瞬思案する様子を見せたが、

「まだ日が浅い中で某《それがし》が感じたことですが、当藩と本藩の付き合いは、意外に淡白であまり行き来がないようにも見受けられましたが、いかがでしょうか?」

と問うた。これを聞いて、芳蓮院は微笑んで軽く首を振った。

「わたくしも本藩から嫁いで参りましたから、やはり最初はそのように感じましたが、いいえ、

それほどよそよそしいものではございませんよ。やはり今度のことのように何かある時には、互いに助け合って一緒に物事を進めていくのがよろしゅうございます」

「某《それがし》も、何かあれば本藩の藩公をお頼りすればよろしいのでしょうか？」

「もちろんです。家老の樋口は、そのあたりのことはよく弁えておりますし、用人の久保なども存分にお使いになればよろしいと思います」

響四郎は、うなずくと、もう一つ尋ねた。

「室の浜御前と芳蓮院様とはお近しい仲と聞いたことがありますが？」

「それほど親しいわけではございませんが、本藩の縁戚同士の集まりで何度かお会いしたことがございます。まだお若いゆえご自身の思いをはっきりとお持ちの方で、最初は心を通わすのに難渋しましたが、親しく話してみると大変聡明な姫です。さきほどの本藩との関わりなど、きっとそなたのお味方になると信じておりますよ」

芳蓮院の話を拝聴すると、響四郎は、「また参ります」と深々と礼をして庵を辞した。

新之助は、話の流れの中で、新田藩と本藩の藩主一族のみならず重職らも含めた家臣間の姻戚関係がかなり濃密であることを知った。

藩主館に戻ってから、新之助は大目付の中根文左衛門に見せられた藩医の書付の内容を響四郎に詳しく復命した。そして、病状や死因に特に気になる点はないと申し添えた。

するると、黙って聞いていた響四郎が「ところで」と急に話題を変えた。

「今日の芳蓮院様との話、そちは、どのように聞いた？」

新之助は、少し考えた上で慎重に答えた。

「なかなかご立派な庵主様とお見受けしました。また、当藩と本藩とのつながりが至極強いことも得心いたしました」

すると、響四郎は軽く首を振った。

「そうかな。芳蓮院様は、今の本藩の藩主の叔母君に当たる。本藩に対してもはっきりと物が言えるお方だ。言い換えれば、病気がちの先々代に代わって藩政を取り仕切り、息子が後を継いでからは、明らかに院政を敷いて藩を文字通り差配していたと思われる。いわば、当藩の影の藩主よ。わしなど、江戸育ちの世間知らずの若造がやって来たとしか思っていまい」

新之助は驚いて、思わず響四郎の目を見たが、慌てて目線を下げた。

「家老の樋口はもとより、用人の久保なども何かにつけ芳蓮院様の庵に詣でている。おそらくこのたびの跡目相続騒動の際は、日参して事細かに指示を仰いでいただろう」

「すると、響四郎様がこちらにいらした、その筋道を付けられたのは芳蓮院様ということになりましょうか？」

「まず、そうだろう。本藩にしてみれば、跡目は藩主の一族に継がせたかった。ところが、それを芳蓮院様は嫌った。もちろん本藩の力が強まって自分の権勢が抑えられるのを快く思わなかったからだが、同時に何か思惑もあったに違いない」

「思惑ですか。例の件に絡むのでしょうか？」

「もちろん、そうだろう。加えて、今度嫁いできた浜御前だ。本藩育ちの姫は、権勢好きの芳蓮院様のことをあまり良く思ってはいまい。しかし、これもなかなか一癖ある女子《おなご》だ。いずれは、二人は組むかもしれん。われらの味方になれば心強い存在だが、果たしてどうかな？」

「それは、なんとしてもお味方になっていただくしかありません」

新之助は、響四郎を含めわずか六人で見知らぬ土地に乗り込んできた圧倒的に不利な立場を少しでも補強するには、この地で力を持つ者の後ろ盾を得るしかないと思った。

湯島天神

年が変わって、いち早く春が来た江戸では、日差しが増すとともに人の往来が一段と賑やかになってきた。

遅い春というよりは初夏を思わせるような小気味よく晴れた空が広がっている。青い空に点々と漂う白い雲の切れ端を見ながら、千代は額の汗をぬぐった。背中に、まだ幼い赤ん坊を負ぶっている。子供は、小さな手に折り紙を握って楽しそうにきゃっきゃっと笑っている。

手のかからない元気な子でありがたい、と千代は本当に感謝している。夫の文三郎が亡くなった翌々月に、産み月には少し早かったがお夏が生まれた。

文三郎の命日が過ぎて、今日は朝から湯島天神の例大祭の喧騒が聞こえてくる。天神裏の刷り職人の工房に紙と一緒に筆や顔料を届けてきた帰りだった。

千代の営む文泉堂は、紙問屋の株仲間の選に漏れて、紙一本では商いが成り立たなくなった。それで、兄の彦次郎に頼んで仕入れた紙を格安に分けてもらう一方で、蚕卵紙といった普通の紙問屋では扱わない特殊な厚地の紙を大福帳や宿帳用に商家や旅籠に納めたり、さらには筆や硯、顔料といった紙以外の品にも商いの手を広げて、何とか店を切り盛りしている。もっとも、筆や硯はそれぞれ専門の店があり、端渓硯など利幅が取れる高価なものは信用のある老舗の大店しか扱えないので、文泉堂に入る儲けは限られている。しかし、千代は「この子のためにも」と日夜汗水垂らして働き、周りの人々の支えもあって慎ましく暮らしていた。

たまに実家に行って、胸をくつろげてお夏に乳を飲ませていると、千代は疲れてうたた寝しそうになる。それを母や彦次郎の嫁が見るに見かねて、小判の一枚も懐紙に包んで差し出すが、千代は受け取らない。本当に困ったら頼るかもしれないが、今はその時ではないと思っている。

最近、千代は、顔料の中で朱墨の値段が下がっているのに気付いて、不思議に思っていた。長崎の朱座から卸される朱墨は仲買人を通して江戸に入り、さらに卸問屋を経て末端の千代の店にまで届く。もっとも千代の店で扱う朱墨はごく少量に過ぎず、ほかにもさまざまな顔料を扱っている。千代は長崎に来る唐船の数が増えたのかもしれないと、あまり気にも留めていなかった。

　今でもたまに娘を負ぶって根津権現の境内に行き、散歩しながら二年前の夏に会った若い武士のことを思い出すことがある。あと二年経つと約束した四年後になるが、千代はあの侍とはもう二度と会えないだろうと切ない気持ちになる。その後、根津界隈で見かけることがあるかと期待したこともあったが、ただの一度もその姿を見なかった。それに、きっと由緒正しい大名家の連枝だろうから、今頃はどこか立派な屋敷の主となってきれいな奥方を迎えているに違いない。千代は、袖から覗く日に焼けた自分のたくましい腕を見て、半ば自嘲気味に再会は到底無理だと心のうちで決めていた。

　それにしても、と今日は少し気が滅入っている。つい先刻、兄の彦次郎に呼ばれて千代は実家に行ってきた。すると、

「今日は商売の話じゃない。お前に縁談があるから呼んだんだよ」

　彦次郎はそう言って、ある紙問屋の大旦那の後妻に入らないか、とささやいた。

　聞くと、先方は千代もよく知っている若狭屋という株仲間の大店だが、大旦那の徳兵衛は長年連れ添った妻を昨年亡くした五十過ぎの太った店主で、二十代半ばになる若旦那と呼ばれる息子と十九の娘がいるという。

「お前の今の暮らしぶりを見ていると心が痛んでね。先方もぜひにと言うし、一度考えてみて

くれないか」

人当たりの優しい彦次郎は、おそらく老舗の大店である若狭屋の主に頼みこまれて困っているのだろう。

「二回り以上も年の離れた隠居間近の年寄りに嫁いで、しかも年上の息子がいるなんて、お店じゃどんな風に振舞ったらいいのかしら……」

千代は、ついでにもう一つ思ったことを声に出して言ってみる。

「それに、あの脂ぎった顔のふてぶてしさは、はっきり言っていけ好かないわ」

彦次郎は、「この話はお前のためを思って進めているんだよ」と優しい声で言うが、兄は私の気持ちなんか、これっぽっちもわかっちゃいない。こっそり父に相談したら、笑って「お前が嫌なら断ればいいさ」とあっさり言うに違いない。

そうだ、父に相談して断ってもらおう。

千代は、少し気持ちが晴れて、背中に負ぶったお夏をあやしながら、知り合いの絵草子好きのご隠居を訪ねた。この年寄りは、櫛や簪《かんざし》を商うこの界隈では名の知れた小間物問屋を息子夫婦に譲り、自分は奥の離れを隠居部屋にしてのんびりと俳句を詠んで過ごしている。連れ合いをだいぶ前に亡くして、まだ孫がいないせいか、お夏を連れていくととても喜んでくれた。

「近頃、いろいろ異国の船が国の周りに出没しておるようじゃな」

ご隠居は茶を飲みながら何やら難しい話をしているが、千代は、そそくさと頼まれた俳句用の画仙紙と絵筆を渡して、お代をもらうと丁寧に頭を下げた。このご隠居は、人のいい爺様だが、時々話が長いのが玉に瑕《きず》だ。もっとも、刷り職人の工房はこのご隠居に紹介してもらったから、千代はその点は本当に恩義を感じていた。

「そう言えば、蝦夷の良い昆布をもらった。お内儀の所でも、昆布は使うだろう。分けてあげるから持っていきなさい」

ご隠居がそう言って持ち出してきた昆布は、ずいぶんと豪勢な桐箱に入っている。

「こんな大層なもの、いただいてよろしいのですか？」

千代が聞くと、ご隠居は嬉しそうにうなずいた。

「赤ん坊にも少しは美味いものを食べさせたらいい」

蝦夷地の高価な昆布で出汁を取ったお粥をお夏が喜んで食べるかどうかはわからないが、それならもらっていこうと千代は気を取り直した。

「ありがとうございます。でもこの昆布は、蝦夷地のどこから来ているのかしら？」

「その箱には、羅臼《らうす》と書いてある」

「羅臼って？」

「蝦夷地の東の果てだ。利尻と並んで極上の昆布がとれる。それが、松前辺りの港に集められて、そこから日本海を渡ってぐるりと大坂に上《のぼ》り、さらにはるばる江戸まで運ばれてくる」

そう言われても、千代には、見たこともない遥か北方の地からやって来るとしか、およそ実感が湧かなかった。

「でも、羅臼が東の果てにあるのなら、わざわざ大坂を回ってくるなんて、江戸から見ればちょっと遠回りですね」

「ほお、お内儀。若いのに、なかなか博識なところがあるのう。ならば、北前船というのをご存じかな？」

千代は、しまったと思った。これからご隠居の長話が始まる。あくびをしていたお夏を膝からゆっくりと畳に降ろして頭に座布団をあてがうと、可愛らしい口元に指を当ててすやすやと寝入った。

「北の海を渡る大きな船でしょうか？」

「ふむ。北前船というのは、船を操る船頭自らが商品を購い、それを売り捌きながら航海する船じゃ」

「お客から荷物を預かって運ぶのではないのですか？」

「そこがまず違う。それに弁才船《べざいせん》といって千石も積める大きな船でな。春に大坂を出て、赤間関（下関）から日本海の沿岸を北上して初夏に蝦夷地に着く。そこで米や着物などを売って、かわりに昆布や海鼠《なまこ》といった海産物を買い込み、あちこちの港で商いをしながら、秋には大坂に戻るという年に一度の長い航海をする」

「その船は、なんで江戸から海沿いに東に行かないんですか？」

「潮の流れと風だな。日本海には西から東に向かう海流があるが、ちょうど春から夏にかけてその勢いは盛んだ。一方で、冬は海が荒れて航海はできない。江戸から東に向かう黒潮は、とても大きくて強い流れじゃ。この海流は、蝦夷地まで届かず、奥州の沖合辺りで日本から東にどんどん離れてしまう。だから、蝦夷地まで航海するのは日本海を渡るのが良いのじゃ」

千代は、なるほどとうなずいて、ご隠居の嫁が包んでくれた羅臼の昆布を手に取った。

「じゃ、この昆布も長い旅路の末にここまでやって来たんですね。ありがたく頂戴してまいります」

「うむ。最近は、その昆布も値が高くなってのう。諸物価高騰のあおりかのう」

千代は、丁重に礼を言うと、まだ寝ているお夏を背中に負ぶって外に出た。通りには黄昏の気配が漂い始め、はるか西の空が夕焼け色に染まるのを見上げて、千代はふうっと軽く息をついた。


それから数日後、昼前に千代が店で仕入れた紙を改めていると、兄の彦次郎が「ごめんよ」と声を掛けて帳場に顔を覗かせた。

「あら、兄さん、どうしたの？」

「いや、そこまで来たから寄ってみたんだが、お前、ちょっと外に出る暇があるかい？」

「いいけど、何かしら？」

兄は、一瞬口ごもるような素振りを見せて言った。

「ちょっと会ってもらいたい人がいるんだ」

千代は怪訝な顔をして「誰かしら」と言いながら、女中に店番と子守りを頼んで、奥に入って化粧を直した。

店の前の坂を本郷の方へ上ると、通りを一本入った奥に落ち着いた構えの小料理屋があった。夫婦二人でやっている小さな店だが、江戸前の海の幸が新鮮で美味しいと評判がいい。千代は、嫁入り前に父に一度連れてきてもらったことを思い出した。

彦次郎が先に暖簾を分けて店に入ると、すぐに女将に奥の小上がりに案内された。そこには、脂ぎった五十過ぎの男が一人座っていた。若狭屋の大旦那だった。男は千代を見ると相好を崩して馴れ馴れしく手招きをした。

「ああ、お千代さん。忙しいところお呼び立てしてすみませんな。昨日、株仲間の寄り合いで矢島屋さんに会ってね。一度こうして直に会ってお話がしたいと無理に頼み込んだわけでして……」

千代は、悪びれた様子もなく得々と語り出す徳兵衛の口舌《くぜち》に、少し怒りが湧いてきたが、素知らぬ顔で「どうも」と会釈した。

「ま、ちょっと昼時には早いが、そろそろ腹もすいただろ。何か食べるかい？」

隣で、そわそわしながら彦次郎が声を掛けた。徳兵衛も話を合わせて言った。

「さっき店の親爺に聞いたら、ちょうどいい鰻があるそうだ。どうだい、かば焼きにしていただかないか？」

千代は、ちょっと脂っこいものはいやだなと思いながら、ふと向かいに座った徳兵衛の顔を見ると、禿げあがった額が黄色くてかてかと光っている。彦次郎は慌てて、

「確かにそろそろ夏のはしりですから、かば焼きが美味しい季節ですな」

と相槌を打った。千代は、「わたしは別の軽い物を」と小さな声で言って、早くこの場から逃げ出したいと心の底から思った。

男二人が鰻のかば焼きを食べる間、千代は白身魚の焼き物をいただきながら、どうやってこの話を断ろうかと思案に暮れていた。

「で、お千代さん。あたしは、春先にあんたを問屋の寄り合いで一目見たときから本当に惚れ込んでしまってね。それで、年甲斐もなくぜひ後添いにと矢島屋さんにお頼みしたわけです」

徳兵衛の話を、彦次郎は黙って聞いている。

「文泉堂さんも女手一つで切り盛りするのは大変でしょう。しかも、まだ乳飲み子もいらっしゃるようだ。だから、うちで何もかも引き取るので、何不自由なく暮らしたらどうですかと、こうご相談申し上げているんです」

何やら商談めいた話の中で店を引き継ぐような徳兵衛の口ぶりだが、要するに子連れでうちに来いと言っているのか、と千代は思った。

千代が押し黙っているのを見て、若狭屋は茶を一口含むともう一言添えた。

「いえ、今すぐに返事を頂こうというのじゃありません。ただ、ぼやぼやしているとあっという間に時が過ぎてしまいますよ。近いうちにまたお会いして、じっくりとお話をしたいものですな」

そう言う徳兵衛の視線が、自分の首筋から胸や腰に下りていくのを見て、千代は嫌悪感でいたたまれなくなった。

「すみませんが、わたし好き合った人がいるんです。だから、このお話は、なかったことにしていただけませんか」

千代が一気に話すと、徳兵衛は一瞬呆けたような顔をしたが、すぐに切り返した。

「あんた、その人と夫婦約束を交わしたわけじゃないんだろ。あたしは、諦めませんからね」

千代は、黙り込んでいる彦次郎を横目でにらんで「失礼します」と席を立った。

店の外に出ると、東の空がどんよりと灰色に曇っていた。肌に感じる湿った気配が、やがて来る驟雨を予想させて、千代は急いで娘が待つ店に向かって駆け出していた。

馬庭念流

梅雨空の雲の隙間からうっすらと日が差している。新之助は、このわずかな梅雨の晴れ間に、うずうずと身体を動かしたくなる気持ちが湧いた。新田藩に着任して一年余り、これまで気持ちよく汗を流したことなど一度もなかったし、そもそもその余裕もなかった。

藩主館と藩士の長屋の間に兵法の道場がある。まだ行ったことがないが、そこでは連日若い藩士が熱心に剣術の稽古をして腕を磨いていると聞いていた。

新之助は江戸詰めの頃、日本橋品川町にできたばかりの北辰一刀流の道場に通って、剣術修業に精を出していた時期があった。綺羅星のごとく居並ぶ名人達人に教えを乞うて、ようやく芽が出ようかという時に、今回の新田藩行きが決まった。赴任以来、竹刀稽古から遠ざかってしまったが、久しぶりに汗をかく気になり、初めて藩の道場に顔を出すことにした。

威勢のいい気合の声と竹刀を打ち合う音を聞きながら、道場の玄関に立って訪いを入れると、稽古着を着た前髪姿の若い侍が出てきた。そして新之助を見ると、少し驚いた様子で「こちらへ」と式台から奥へ案内した。

道場の上座には、いかにも武骨な壮年の師範役が神棚を背にして、場内の稽古を睥睨《へいげい》していた。筋骨たくましく上背は六尺（百八十センチメートル）近くあろうかという偉丈夫である。腕を組み眼光鋭く一人一人の動きに目を光らせている。

その師範役のもとに案内された新之助は、ひとまず丁寧に一礼して名乗った。

「江戸から当藩に参りました近習組の中条新之助にございます。道場の門弟の末席にお加えいただきたく、本日初めて参上いたしました」

師範役は、新之助の方を一瞥すると、何も言わず再び道場の稽古の様子を見ていたが、急に大きな声を上げげた。

「稽古、やめい。高梨、川合、桜井。その方ら、この御仁と稽古試合をしろ」

前髪の侍は、慌てて袋竹刀と防具を控えの間から持ってきた。

新之助は、急に試合をすることになって緊張したが、防具を着けて竹刀を握ると妙に気持ちが落ち着いた。軽く竹刀を振り、さらに二三度しこを踏んで足腰を慣らすと道場中央に立った。

最初に高梨と呼ばれた若い侍と立ち合った。まだ、初段者の域を出ないぎこちない動きが目立つが、おそらく得意技があり、油断すると思わぬ不覚を取ると気持ちを引き締めて臨んだ。

相手の定まらぬ構えを見据えながら、堂々と攻めるべく正眼に構えて、ゆったりと間合いを詰める。自分の間合いに入る直前、相手が素早く跳んで鋭い突きが喉元に来た。とっさに躱《かわ》して、体《たい》を入れ替えざま、相手の逆胴をぱんと打った。

「胴あり」

審判役に立ったやや年長の先輩格の藩士が新之助の勝ちを宣した。

「次、川合」

師範役が呼んで、次の相手が正面に立った。

向かい合って構えると、今度は相手の不思議な構えが目に入った。腰は低く、足を八の字に開き、前足は斜めに伸びて、体重をやや後ろにかけている。鈍重なように見えて、どんな動きにも俊敏に応じられる構えだ。新之助は、この構えについてかつてどこかで聞いたことがあると思いながら、自らはやはり正眼に真っすぐ構えて慎重に間合いを詰めた。

相手が動き出す一瞬の隙を狙って、上段から鋭く面を打ちこんだ。その瞬間、驚くほど速い面打ちが頭上に落ちてきて新之助の防具の脳天を打った。

「相打ち、分かれ」

審判役が声を上げて、両者を引き分けとして分かれさせた。新之助は、ひやりとした。打撃の鋭さと重さで言えば、明らかに相手の面打ちの方が上回っていた。

さらに、桜井と呼ばれた、年長の剣士が正面に立った。

新之助は、とにかく素直に自分の技を出すしかないと臨んだ。

桜井は、前の相手と同じ構えだが、一層形が整ってどっしりと落ち着いている。互いに相手の技を警戒しながら間合いを測っていたが、新之助は、すっと回り込みざま一瞬の隙を見出して、鋭い面打ちを繰り出した。それを待っていたかのように、相手も打ち返してきて、竹刀が交差してたちまち鍔迫り合いとなったが、相手は巌のごとくびくともしない。そればかりか、新之助の竹刀が相手の竹刀にぴたりとすいついて、新之助は全く身動きもできず、進退窮まってしまった。

「参りました」

手が震えて竹刀を落としそうになった瞬間、新之助は跳び下がって、竹刀を引いた。相手は、追いすがって面を打つ勢いを見せたが、新之助の声を聞いて、残心の構えを取った。

「よし、よかろう」

道場の上座から師範役が声を掛けて、新之助を手招きした。

「おぬし、なかなか見どころがある。だが、うちとは流儀が違う。わが道場で鍛え直すなら、門弟に加えるがどうだ？」

「ぜひともよろしくお願い致します」

新之助は、師範役に深く頭を下げて改めて師弟の礼を取った。

「申し遅れたが、わしは、この道場を預かる馬廻り組の小野寺源之進だ。当藩には、武術指南役はおらぬ。この道場は、藩の経営によるものだが、創設以来、馬庭念流を学んでおる。さきほどおぬしが対峙した構えが無構え、鍔迫り合いで難儀した技が即位付けといい当流ならではの極意だ。かつて上州馬庭村から、流派の達者がわが藩を訪れ、この道場を開いた。その御方は、十年余の滞在の後に上州に戻られたが、藩では以来その教えを受け継いでこの通り技を磨いている。おぬしも、郷に入れば郷に従えで、わが道場では当流儀を学んでもらう」

小野寺の言葉に、新之助は、「承知致しました」と改めて礼を尽くして答えた。これで同年配の藩士たちとの交流ができると少し浮き立つ気持ちが芽生えていた。

夏が過ぎて秋の声を聞く頃になると、北国は季節の進み方が江戸と比べて格段に速くなる。赤とんぼが飛び、秋風が吹き出したと思ったら、たちまち水が冷たく感じられて、木々が赤や黄に色づき始める。

館下の広場から南方に連なる山並みを見ると、山頂付近にわずかに色づいた樹林の帯が見えた。新之助は、新田藩に来て早くも一年半が過ぎたと感慨めいたものが湧き起こるのを覚えた。

館に入って、響四郎のもとに伺候しようとすると、大目付の中根文左衛門が、表座敷の廊下を急いで渡り、慌ただしく藩主の執務部屋に入っていくのが見えた。新之助が、手前の廊下の角で控えていると、中根は響四郎としばらく話し込んでいたようだが、緊張した面持ちのまま急ぎ足で部屋を出ていった。あるいは、この後樋口家老らと何か談合するのかもしれなかった。

名前を呼ばれて新之助が奥の控えの間に入ると、響四郎は普段見せないような沈痛な表情をしていた。

「いかがなされましたか?」

「城山俊平が死んだ」

響四郎の言葉に、新之助は一瞬耳を疑った。

「華島で海釣りに行くといって一人で浜辺から船を出したまま、帰ってこなかった。やがて船は見つかったが、城山の姿は見つからず、付近を隈なく探したところ、三日ほど経って浜に打ち上げられた城山の遺体が見つかったそうだ」

「殺されたのでしょうか？」

「わからぬな。目立った傷はなかったと聞いた。村役人からの届け出では、溺れて死んだとのことだ」

「河村善太夫殿は？」

「城山とは離れた所にいた。河村もさぞ驚いているであろう」

新之助は、先日河村と城山がうちそろって華島からやって来て響四郎に現地の様子などを報告した時のことを覚えている。城山の顔が日焼けしていて、響四郎が「いかがした？」と尋ねたら、村人たちに頼まれて村の寄合所の普請作事の手伝いをしていると話していた。本当のところは、海釣りで日焼けしていたのかもしれない。

「河村や城山には、例のこと、話しておるまいな」

響四郎の念押しに、新之助は重苦しく首を振った。

「一切話しておりません。ただ、桃井からは、殿は華島にご関心があるのか、と以前聞かれたことがありまして、そのようなことを軽々に漏らさない方がいいぞ、と忠告したことがございます」

響四郎は、苦い表情を浮かべた。

「あるいは、そのような断片的な話が若い城山の好奇心を刺激したのかもしれぬな。それで船を出している姿を見られて警戒されて殺されたか。となると城山にとっては予期せぬ死だが、あるいはわれらに対する警告かもしれぬ。いや、そこまでいかずとも、単に海釣りをしていて何かに出くわして息の根を止められたか。何とも言えぬな」

新之助は、「何かわかりましたらご報告いたします」と言って下がろうとした。

「軽はずみなまねはするなよ。まだ時間は十分にある。功を急ぐ必要はないぞ」

追いかけるように響四郎の言葉が背中に響いた。

その翌週、河村善太夫が、藩主館にやってきた。新之助は、勤めを終えて組屋敷内の長屋に下がろうとしている時に、急に奥の書院に呼ばれた。

河村は、申し訳なさそうに頭を垂らして沈痛な口調で語った。

「城山俊平の死ですが、おそらく殺されたものと思われますが、証拠は何一つございませぬ」

「大した傷はなかったと聞いたが？」

響四郎の問いに、河村はうなずいた。

「後で村の医者に確認しましたが、首のあたりに痣《あざ》があったと。人と争ったのか、船から落ちた際に負った傷かわからなかったそうです。ただ、死因は水死に間違いないとのことでした」

「どこで船は見つかったのか？」

「華島は、えんどう豆に似た形の、背が扁平な楕円形をしています。周囲六里ほどの島ですが、丸みを帯びたこちら側、つまり東南に向いた沿岸には浜辺が広がり浦に港があります。人はほとんどこの東浦の周りに住んでいます。反対側、北西側は切り立った断崖絶壁が続き人はあまり近寄りません。島の中ほどは山地で木に覆われて見通しは利きません。船は、島の北東の突端付近の海上で転覆した状態で見つかりました。乗っていた城山を探しましたが見当たらず、その三日後に同じように東の岬の浜辺に打ち上げられた彼の遺体を村人が見つけた次第です」

「船から落ちて流されたにしては、よく仏が見つかったな」

「島の周囲は西から東に潮が流れています。季節にもよりますが、東浦の港から出て遭難した人や船は、この辺りで見つかることが多いと聞きます」

「ところで、島の反対側にはそれほど人はいないというが、河村は行ったことはあるか？」

「途中まで山道をたどったことはありますが、まだ反対側に出たことはありません」

「島人から何か聞いた話はあるか？」

河村は、響四郎の問いかけに首をひねった。そして、思い出したように答えた。

「島に着いて間もなくの頃ですから、五月か六月でしょうか。曇って海が霞んで見えるような日に、巨大な魚とも陸地ともつかない物が海の上に浮かんで見えることがあると島の古老が話してくれました。だいたい決まったところに現れるようですが、海上を動くこともあり、人が近づくと消え去ってしまうそうです。浮き物と呼んでいましたが、海坊主と海女の逢引きかもしれんと話していました。もっとも、怪異な話なので、島人は怖がってこれを進んで見ようとはしないそうです」

この話を聞いた響四郎の目がかすかに光るのを新之助は見た。

「その話、気になるな。ところで、華島に赤い石といったものはあるのか？」

響四郎の問いに、河村は質問の意味がわからないというように首を振った。

「今の季節は、浜辺に浜茄子の花が咲き誇り、海上からは浜が点々と赤く染まって見えます。それで船乗りたちは、華島と言わず、紅の島と言ったりしていますが、赤い石というのは聞いたことはございませぬ」

響四郎は、軽くうなずいてから、ねぎらいの言葉をかけた。

「いや、つまらぬことを聞いた。ご苦労であった」

このやり取りを聞いていた新之助は、かつて江戸の藩邸を訪ねてきた浜松藩の塩田恭之介が残していった符丁を思い出していた。

――島に赤石はありや？　石なくも、薬の効き目あり。

いずれこの符丁を口ずさむものが現れる。その者とよろしく手を組むことによって、あるいは事が円滑に運ぶことがあるやも知れない、と話していた。

島は、華島を指す。すると、赤石とか薬とかは何を意味するのだろうか？

新之助は、河村と一緒に響四郎の部屋を出た。

渡り廊下で、周りに誰もいないことを確かめて、河村がそっと話しかけてきた。

「新之助は、殿が何を考えておられるのか、知っておるのではないかな？」

新之助は、「いえ」と首を振って、慎重に答えた。

「華島はわが新田藩にとっては幕府からの預かり地ゆえ、よく弁えて恙《つつが》なく治めよとしか聞いておりませぬ」

「ふむ、そうか」

河村は不審げだったが、それ以上は問い詰めなかった。それが河村にとって幸いとなるか不幸となるか、新之助にはいずれとも判断がつかなかった。


秋風が次第に肌寒くなり、紅葉は山を下りて谷あいから海沿いの雑木林まで広がっている。村では稲の刈り取りを終えると、道端に稲架《はさ》を作って束ねた稲を掛けていたが、やがてこれも取り去って、後は刈り取った稲の切株だけが残る茶色く乾いた田地が果てしなく広がって見えた。

ちょうどその頃、勘定方に勤めていた大梶兵太が響四郎を執務部屋に訪ねてきた。

新之助は、大梶と一緒に奥の書院に入った。

「以前いただいたご下問の件、いくつか調べて参りました」

大梶は、そう口上を述べると、携えてきた書面を懐から出した。

「例の佐藤屋清助の件ですが、この者は新潟の商人でした。ただ、いささか経歴が変わっております」

響四郎は興味深そうに大梶に話の続きを促した。

「佐藤屋清助なる者は、もとは長崎におりまして朱座にて朱墨を扱う仲間の一員でした」

響四郎は「朱座」と聞いて、やや怪訝な顔をした。

「朱は、顔料や薬品として使われますが、天然の物は辰砂《しんしゃ》と申しまして唐土の辰州から輸入されます。その輸入品を一手に扱う組合が朱座でして、朱の取引を独占する代わりに公儀に対して運上銀を納めております。佐藤屋は、父祖の代から朱座の取引を受け継いでおりましたが、先年その株を売って、富山で薬種商としての経験を積んだ上で、新たに新潟で漢方薬種の店を立ち上げて、今ではなかなかの大店になっているようでございます」

「朱座の仲間ともなれば、代々その地位を受け継ぐだろうから、あえて株を売って商売替えなどするものかな？」

響四郎が疑問を呈した。大梶はうなずいて手元の書面を見ながら話を続けた。

「さ、そこでございます。近年、朱は国内に比較的多く出回って値が下がっているようです。例えば輪島の朱塗りの椀は、以前は黒塗りの椀の方が安かったものですが、今では朱塗りの椀の方が安く購えるとか。そこで、佐藤屋は、朱座に見切りをつけて、多少とも売り先が近しい漢方の薬を扱いつつ仲買いや小売りの方に転じたものと思われます」

「あいわかったが、その佐藤屋がなぜわが藩庫に金子を納めているのだ？」

大梶は、ここにきて少し口ごもった。

「そこは、まだ調べきれておりません。新潟から津島屋の船で自分たちの商品をわが領内に回し、広瀬藤右衛門の店などに卸して商いをしているようでございます。その運上金があのように藩の帳簿にも載っているものと思われます」

新之助は、藩内にも朱や薬種を買う客はいるだろうが、なぜ佐藤屋がわざわざ金子を払ってまで商品を新潟から遠くこの新田藩の領内に卸しているのかがやはり疑問だった。あるいは海路を使って得意先を日本海沿いに伸ばそうとしているのかもしれない。

「ところで、その佐藤屋も含めて、広瀬藤右衛門や津島屋が女房らを伴って頻繁に芳蓮院様の庵を訪れているとか。庵では茶会なども催されていると聞いております」

「茶会か。集まって何を談合しているのかな？　単なる茶飲み話とも思えんが……」

「おそらく庵主様に金品を献上して何か便宜を図るようにお願いしているものと思われますが……」

響四郎は、しばらく黙って考えていたが、やがて思案を打ち切るように、

「大儀であった。また、何か気づいたことがあれば教えてくれ」

と大梶に伝えた。

新之助は、赴任前に浜松藩の塩田恭之介に教示されたことが、ここに来て少しずつ垣間見えつつあるように思えた。しかし、全貌をつかむには、まだ道のりは程遠いように思われた。


新之助が、非番の日に館下の広場を歩いていると、ちょうど勤め明けで組屋敷に戻る途中の桃井助之丞と顔を合わせた。同じ近習組であるが、特に行事がなければ交代で館に詰めることが多く、最近はしばらく会っていなかった。

「お前の歩き方を見ていると、何やら爺むさいぞ。腰でも痛めたか？」

「いや、藩の道場に通い出した。馬庭念流を習っている。身体造りと称して、どっしりとした構えの基本を習っているところだ」

「江戸で流行りの華法剣法に興じていたお前が、今度は古風な馬庭念流か。大した変わりようだな」

「初日に道場で立ち会ったら全く太刀打ちできなかった。郷に入っては郷に従え、だ」

桃井は、ふんと鼻で笑うと、「ところで」と話題を変えた。

「お前、女道《にょどう》という言葉を知っているか？」

新之助は一度首を捻ったが、「ははあ」とうなずいて言った。

「遊女を相手に遊び興じることだろ。お主《ぬし》が江戸で盛んにやっていたことだ」

桃井は、首を振って高い笑い声を立てた。

「奥御殿にお蘭の方という奥向きの女中がいるのを知っていよう」

新之助は、うなずきかけてふと首を傾《かし》げた。

「京人形に似た大変な美貌の持ち主というのは聞いたことがあるが、残念ながらお顔を拝んだことはない」

「そのお蘭の方と浜御前がぞっこんだ」

新之助は、すぐには桃井の言っている意味がわからなかった。

「つまり女道よ。男同士が愛し合うのは衆道だろ。女同士なら女道だ」

桃井の解説に、新之助は、動揺を隠せなかった。

「いい加減なことを言うな」

「いい加減なことではないぞ。奥御殿の女房衆なら誰でも知っていることだ。そもそも浜御前は、お蘭の方とは、ずっと前からできているという噂だ。お蘭の方は浜御前が以前嫁いだ先にいた重臣一族の娘らしいが、二人は出会ってたちまち恋に落ちた。その後重臣の息子と浜御前が離縁になってからも離れがたく、そのまま今度の輿入れに藩公に直訴して、新田藩まで連れてきた」

「その話、殿はご存じなのか?」

「最初は知らなかっただろうが、今はもちろんご存じだろう。だから、輿入れした日に一度通っただけで、殿は奥方への寝所には遠慮してその後一度も足を踏み入れていない。行けば、お蘭の方と鉢合わせだからな」

「殿は、驚かれただろうな」

「ま、そうであろうな。でも、最近じゃ、本当の気持ちはどうか知らんが、殿はあれで浜御前とはうまくやっている」

新之助は、桃井の言い方にやや不遜なものを感じた。

「それはどういうことだ?」

「夕刻、執務が終わって表座敷から奥御殿に引き上げると、殿は必ず浜御前のいる茶室に立ち寄って、茶など喫しながらしばらく談笑なされるそうだ。女房衆は、以前から殿の凛々しく整った顔立ちにあこがれていたが、今ではなかなかできた御方と一層評判がよいようだ」

新之助は、ふうっとため息を吐いた。それにしても、桃井はこのような情報をどうやって仕入れてくるのか不思議だった。

「もう一つ教えてやろうか。この浜御前とお蘭の方の女道の仲を、芳蓮院は一目で見抜いたそうだ」

「どういうことだ?」

「どうもこうもない。浜御前はお蘭の方を連れて芳蓮院の庵にご機嫌伺いに行き、芳蓮院は脇に控えたお蘭の方を見て、このような美しい女御を側に仕えさせる貴女が羨ましいと早速のたまったそうだ。さすが芳蓮院だろ」

桃井は話し終わると、「どうだ」といった顔をして、足早に去っていった。

文政の大火

年が改まり、江戸では北国よりも早く訪れた春が次第にその装いを増していた。春にしては頼りなさげな日差しが店の軒先を照らしている。朝方はずっと曇って花冷えというのか、冬に戻ったような肌寒さを感じたが、四つ（午前十時）近くになって雲間から少し日が出てきた。もっとも北風が強いせいか、穏やかな春の陽気には程遠い。

「今年は、桜を見に行く暇さえなかった」

千代は、独り言を漏らしながら、甘えて寄って来た二歳になるお夏に手を差し伸べた。

文泉堂という屋号はそのままだが、根津にあった店を売り払い、今は日本橋の小網町の裏通りで小さな紙屋を営んでいる。結局紙問屋の株仲間に入れなかった痛手は大きく、普通の紙ではまともな商売ができないので、文泉堂は兄の経営する矢島屋に大半の客を引き継ぎ、逆に特殊な紙を扱う客筋を矢島屋から分けてもらって商いを続けている。馬喰町の旅籠屋に宿帳用の厚い紙を納めたり、今日は兄の彦次郎と一緒に八丁堀に出かけていって測量家の屋敷に地図を描く特別な紙を納める予定だ。

千代は、お夏が抱っこをせがむので、帳場から出ると立ち上がって両手で抱きかかえた。腕にかかる重みが日増しに増して、お夏がしっかりと育っているのを実感する。嬉しそうに笑うお夏の顔に、千代はそっと自分の頬を寄せた。

「この子はわたしの宝だから、ちゃんと守ってあげなくちゃ」

千代は、お夏をきつく抱きしめて、軽く左右に身体を揺らした。幼い娘は、きゃっきゃっと楽しそうな笑い声を上げる。

その時、遠くで半鐘の鳴る音が聞こえた。微かな音だが、確かに鳴ったようだ。

千代は、お夏を抱きかかえたまま下駄を履いて、軒先に出てみた。また、半鐘の音がした。今度は、続けざまにあちこちで鳴っている。

「火事？」

千代はお夏に聞かせるともなく声に出すと、軒先から通りに出て、半鐘の鳴る方角を見上げた。

北の空がぼんやりと赤く染まっている。煙が上がっているようだ。

「神田の方だわ」

千代は少し驚いて、すぐただ一人いる女中のおくみを呼んでお夏を預けると、帳場の金箱を確認した。昨日大きな仕入れをしたばかりで、小判が一枚と後は一分金と一朱銀が数枚あるだけだった。

　千代は金を手早く袱紗に包んで帯にしまうと、不安そうに空を見上げているおくみに一朱銀を二枚渡して家に帰っていいと告げた。北西からの風が朝方よりも強く吹いている。

　小半刻も経たないうちにすぐ近くの火の見櫓でも激しく半鐘が打ち鳴らされた。

「火事だ、火事だ！」

　通りを叫んで走っていく若い職人がいる。

「火は神田佐久間町から出たが、こっちに燃え広がっているみたいだ」

　口々に叫ぶ声が聞こえるが、千代には何がどうなっているかわからない。今頃は、湯島の店を出た兄の彦次郎が先に八丁堀に向かっているだろう。どうしていいかわからないと逡巡している間に、半鐘の音は町全体に鳴り響き、通りを慌ただしく人が往来しているのが目に入った。

　千代は、急いでお夏を背中に負ぶうと、大福帳を店の金箱に仕舞い、後は手ぬぐいや目に付いた身の回りのものを手早く風呂敷に包んで抱えると、戸締りをして店を出た。もうその時には、大勢の人が筋違い門の方から銀座や新橋の方角に向かって雪崩を打って逃げ始めている。千代も、その人の流れに入ったが、あまりの人の多さにほとんど身動きが取れない。ふと振り返ると、北風にあおられた大きな炎が神田からこちらの方に火の粉をまき散らしながら飛ぶように燃え広がってくるのが見えた。真っ赤な炎は、空高く上がり、もうもうとした煙が天まで届けとばかり立ち昇っている。

背中でお夏が泣き出した。千代には、どうすることもできない。右は江戸城の堀、左は江戸の海だから、とにかく真っ直ぐ南に逃げるしかない。男の喚き声や女の悲鳴や子供の泣き声が耳を打つが、誰が何を言っているのかわからない。千代は、もどかしいような歩みを続けて、なんとか銀座までたどり着いたが、まだ火の手は収まらない。後ろから火に追われた群衆がどんどん押し寄せてきて、千代は背中のお夏を気遣いながらもとにかく急いで足を進めた。

武家屋敷が立ち並ぶ通りを抜けて前方に橋が見えるところまで来て、千代は倒れそうになって土塀に手をついた。足が棒のように固まって太ももやふくらはぎに強い痛みが走る。ふと背中のお夏を見ると泣きつかれて眠っているが、顔は煤で真っ黒になっていた。千代の手も黒く汚れ、ざんばらに乱れた髪は熱風でところどころ焼け焦げている。持っていたはずの風呂敷包みはとっくに失われていた。

「この子を死なせるわけにはいかない」

千代は、精根尽き果てていたが、なんとか気力を振り絞って、這うように歩みを続けた。ようやく正面の橋を渡ったところで力尽きて道の片隅に崩れ落ちるように倒れた。

千代は、腰のあたりに子供の泣き声を聞いて、目を開けた。おんぶ紐が焼け切れて、背中からずり下がったお夏が泣いている。一町ほど先に渡って来た橋が見えて、その向こうの街並みは猛火に包まれていた。喉が渇いたが、水はない、周りにはかろうじて助かった群衆が呆然と盛んに燃え上がる対岸の火の手を眺めている。さらに品川の方に向かって歩きだす人も多い。千代は、起き上がろうとしてまた尻もちをついた。

燃え広がった火は翌朝まで鎮まらなかった。千代は、新橋から芝浜松町に渡った先の空き地で一夜を明かすと、一日かけて江戸城の西側を回って湯島にある在所の矢島屋に行った。幸い矢島屋は焼け残っていたが、千代の両親は両国に芝居見物に出かけたまま帰らず、兄の彦次郎も八丁堀に向かったまま行方は知れなかった。千代は、自分たちが生き残ったのは奇跡だと知った。

矢島屋にいた兄嫁にお願いして、千代とお夏は当分の間実家に居候させてもらうことになった。兄嫁と交代でまだ幼い彦次郎の息子とお夏の面倒を見ながら、千代は幕府が設けた焼け出された民衆に食べ物や衣類を支給するお救い小屋を回った。行く先々で両親や兄がいないか尋ねたが、その行方は杳《よう》として知れなかった。

火事の様子を記した瓦版を見ると、神田佐久間町の材木小屋から出た火は、東は築地から佃島まで、西は京橋、銀座を経て新橋の手前まで南北一里余、東西二十余町に類焼し、焼死溺死の輩千九百余人とあった。後に文政の大火と称される江戸の大火事であった。

千代の文泉堂は、この大火で全焼し、跡形もなくなった。その得意先のほとんどは、馬喰町や八丁堀界隈に点在し、やはりことごとく焼失して復旧の目途はすぐには立たなかった。

一方、矢島屋の店舗は残り、湯島から根津近辺の客筋は健在だったが、神田から東側の多くの得意先を失って大きな痛手を被った。しかも、主の彦次郎は行方知れずで、先代の父もいないので、千代はなんとか店を切り盛りしようと試みたが、勝手がわからず思うようにはいかなかった。加えて、江戸市中の物価が上がり、特に紙の値段は高騰して矢島屋は株仲間に入ってはいたものの、日々の仕入れにも苦労するありさまとなった。

そんなある日、株仲間の会合で若狭屋の大旦那と会った。若狭屋は、本郷に店を構えていて、取引のある近間の武家屋敷や寺社は健在で、今度の大火では何の影響も受けなかった。大旦那の徳兵衛は、寄り合いでは素知らぬ顔をしていたが、終わるとちらちらと千代の方を見て、千代が帰ろうとすると急いで脇に寄ってきて声を掛けた。

「文泉堂さんも、矢島屋さんも、今度の大火は災難でしたなあ」

千代は、軽く頭を下げて、先に寄合所を出ようとしたが、徳兵衛はしつこく後を追ってきた。

「おっと、雨模様ですな。駕籠を呼びますから、ちょっと近くで軽くお酒でもいかがですか？　お千代さんも少し気晴らしなどされた方がいいでしょう。それに商売のこともありますし」

千代は「商売」というのが気になったが、何も言わずに足を速めようとした。

「仕入れにお困りでしょう。良かったら、うちの紙を分けてあげてもいいんですよ」

千代は、徳兵衛の方を振り向くと、「お先に失礼します」と硬い口調で言って頭を下げた。

そうして、しとしとと降る雨の中を傘を差して足早に店に帰っていった。暗闇の中から誰かに見られているような気がしたが、ぐるりと見回してもその人影を目にすることはできなかった。

数日後、若狭屋の番頭が矢島屋にやってきて、先日の寄り合いの続きで、株仲間の主だった店主が集まり、大火で困っている紙問屋の救済策を相談する会合があるから千代にも出るようにと伝えた。若狭屋は株仲間を束ねる頭の一人で、寄り合いの段取りもかねてより差配していた。

千代はやむを得ず「行きます」と伝えると、当日の寄合所は少し遠いので仲間うちで駕籠を仕立てて迎えに来させると告げられた。

その日、夕刻になって千代は迎えに来た駕籠に乗った。かなり長い間駕籠に揺られて降りたところは、ほのかに瞬く軒行灯《のきあんどん》が点々と並ぶ繁華な街並みで、坂の両側に小粋な料亭や小料理屋が軒を連ねている。千代は初めて来たが、ここは噂に聞く神楽坂の花街の一角ではないかと思った。見ると大店の手代風の若い男が待っていて、路地を入り奥まったところにある地味な構えの小料理屋に案内した。

「二階でお待ちでございます」

女中の案内で二階に上がると、障子が開いて人が動く気配がした。見ると、酒席の用意がされている座敷に若狭屋の徳兵衛がいた。

「お千代さん、お早いお着きですな。今日は、ごく内輪の集まりでね。ささ、こちらにお座りになって、まあお茶でも召し上がって、お待ちください。まもなく旦那衆もお揃いでしょうから」

千代は少し不審に思いながらも、勧められるまま淹れられた茶を一口、口に含んだ。少し苦い味がしたが、そのまま飲み込んだ。

「今日はどなたがお見えになるんですか？」

千代が聞くと、徳兵衛は笑ってはっきりと答えない。

「まあ、今にわかりますよ」

そう言う徳兵衛のてかてかと光る額が、千代にはだんだんとおぼろに見えるようになってきた。そして急に強い眠気が訪れるのを感じた。

「千代さん、あんたあんまり男をじらすもんじゃありませんよ」

ふと気づくと、徳兵衛の顔がすぐ近くにあった。千代は、思わず後ずさろうとしたが、思うように身体が動かない。

「なに、大丈夫。すぐ元に戻りますよ」

そう言いながら徳兵衛の手が千代の肩に触れたその時、ばたんと障子が開いた。

「なんだい？」

徳兵衛が見上げた先には屈強な侍が三人立っていて、そのうちの一人が十手を差し出した。

「若狭屋、御用だ」

徳兵衛は、慌てて飛び下がって立ち上がろうとしたが、気が動転したのか、どすんと畳に大きな尻もちをついた。

「その方、株仲間の頭であるのをいいことに、紙を買い占め、値段を吊り上げ、多くの紙問屋を窮地に陥らせ、暴利をむさぼっていること、勘定奉行殿のお耳にも届いておるわ。加えて、あろうことか紙問屋の女房衆にまで狼藉をはたらこうとする見下げた魂胆、許しておけぬ。神妙にいたせ」

正面の堂々とした押し出しの筋骨たくましい侍が、ぐいとにらみつけると、徳兵衛は蒼白な顔をして声も出せずにわなないている。

若狭屋は縄をかけられて侍二人に引っ張られていき、千代は駕籠を呼んでもらい、早々に矢島屋に帰った。千代にとっても驚嘆して膝ががくがくと震えるような出来事だった。

その翌日、大店の番頭風に装った男が一人、千代を訪ねて矢島屋に現れた。後でわかったことだが、昨晩若狭屋を召し捕った三人の侍のうち、真ん中にいた三十絡みの侍が変装した姿で訪れたのだった。

「昨晩お世話になったという方が、千代様にお礼のご挨拶をしたいと申されまして」

店の者から口上を聞いた千代は、気分がすぐれないと寝間で休んでいたが、急いで身づくろいをすると、客を奥の座敷に通した。

眼光鋭く精悍な面立ちでがっしりとした体格の男は、千代に会うと丁重に頭を下げて、すぐに名乗った。

「勝野庄一郎と申します。昨夜は、いたく驚かせてしまい大変失礼いたしました。若狭屋の所業を長らく追っておりまして、店先で縛るわけにもいかず様子を見ておりましたところ、神楽坂の出合茶屋であなた様を待ち受ける企てを探り当て、御用にした次第です。一言先にお断りすべきかと迷いましたが、それでは若狭屋に勘づかれてかえって面倒なことになるやもしれずとあのような仕儀に相成りました」

千代は、ゆっくりとうなずいて、

「危ないところをお助けいただきましてお礼の言葉もございません」

と深々と頭を下げたが、さらに怪訝な表情で尋ねた。

「拝見しましたところ、ご公儀のお役人様かとお見受けしましたが、今日は町人の姿でまた何か続けてのご探索でございましょうか？」

勝野は、「あいや」と笑って手を振った。

「確かに某《それがし》は公儀の者ですが、時としてこのような身なりをしております。昨晩一緒にいた二人は、町奉行所の与力と同心ですが、彼らと常に一緒にいるわけではありません。このように町人姿でいる方が都合がよいことも多いのです」

「そのような方がわざわざお見えになるということは、また何か新たな事件でも？」

勝野は、柔らかな笑みを浮かべて、軽く首を振った。

「左様なことではございません。一つ二つお伝えしたいことがございましてな。一つは、矢島屋の主、彦次郎殿ですが、見つかりましてございます」

「え、生きておりますのですか？　兄は、いずれに？」

千代が急《せ》き込むように尋ねると、勝野はゆっくりと手を上げて押しとどめた。

「まあ、お聞きなさい。兄上は、大火の際に火にまかれて大やけどを負われました。それで目も見えず言葉も発せられない状態になりましたが、幸いなことに小石川養生所に運びこまれました。その後、施療の甲斐あって快方に向かわれ、今では起き上がって粥をすすれるまでに回復してございます。もちろん話もできますので、あと半月もすれば、お店に戻ることができましょう」

千代は、突然の吉報に、思わずうれし涙が零れ落ちそうになって急いで懐紙で目元を押さえた。

「ちなみに父と母は？」

「ご両親様も探しておりますが、残念ながらまだ見つかっておりません。あるいは、難しいかもしれません」

「そうですか……」

やはりだめだったか、と千代は沈痛な面持ちに戻った。

「ところで、ここからはご相談がございます。お兄様が店にお戻りになって落ち着かれてからで結構ですが、お千代殿にはこちらのお店を出て身共《みども》の商売を手伝っていただくわけには参りませんでしょうか？」

千代は、驚いて顔を見上げた。

「お侍さんが店を構えていらっしゃるのですか？」

「左様、京橋の近くで小さな薬種問屋を営んでおりましたが、このたびの火事で焼け出されましてな。いずれ再建したいと思っております。例えば千代殿の馴染んでいらっしゃる根津の辺りで場所を探して店を開いてはどうかと考えております」

「何故にわたしに？」

「見覚えがございませんか？　お父上のご実家の薬種問屋に勤めていた徳五郎です」

千代は、一瞬わけが解らなかったが、そう言えばと、嫁入り前に父に連れられていった伯父の店で挨拶した中に徳五郎というやけに背筋がきりっと伸びた若い番頭がいたと気づいた。

「もちろん公儀の役目があってのことですが、徳五郎という名前で伯父上様の店でしばらく働かせていただきました」

千代は、あやうくそこで何を探っていたのか？　と尋ねそうになったが、それを聞くのはご法度だろうと問いを胸の奥に飲み込んだ。

「されど、やはり周りからすれば何かの用事にかこつけてしばしば二日、三日と外出《そとで》する変わり者という評判が立ち、やむを得ず京橋の裏通りに暖簾分けする形で店を開いた次第です。その店の再建を千代殿に手伝っていただきたいと、こういうわけです」

千代は、首を振って答えた。

「それは難しゅうございます。わたしは紙問屋の娘ですし、扱っているものも紙のほかはせいぜい文具の類ですから、薬種のことはわかりかねます」

「いや、すぐに一人でお店を差配していただこうとは思っておりません。某《それがし》のほかに、達吉、助六と二人の雇い人がいまして、薬のことはこの二人に任せておけば大丈夫です。得意先の医師からの注文や卸問屋とのやり取りもこの二人が受け持ちます。千代殿には、帳面をつけてお金を管理してもらえればいいのです。それはこちらのお店と同じことです。そのうち薬のこともだんだんと覚えていかれればいいのです」

「あなた様がお店にいるわけではないのですか？」

「某《それがし》は、役目柄、店には出たり入ったりしています。もし急なつなぎが必要となれば、平蔵という者がしょっちゅう店に顔を出しますので、その者に言えばすぐに参上いたします」

「何か、探索に絡んで危ないことはないのでしょうか？」

庄一郎は笑って手を振った。

「ただの薬種問屋です。危ないことなどあろうはずがございません」

「なら、娘を連れていっても構いませんか？　それに前に根津と小網町のお店で使っていた女中が私を頼って矢島屋に来ています。その者を雇ってもよろしいでしょうか？」

「もちろん結構です。探索には何の差し障りもございません」

千代は、この奇妙な誘いを結局受けることにした。兄の彦次郎が戻ってくれれば、兄嫁もいるし矢島屋はやがて平常に戻る。そうなると、自分とお夏はただの居候になり、彦次郎夫婦はいつまでもここにいていいと千代に言うだろうが、やはり気遣いして暮らすことになり、それは至極億劫に感じられる。それに、これまでずっと紙問屋を営んできたが、この機会に全く違う河岸に商売替えするのは、何か目新しく楽しいことのように思われた。

しかし、これが単に薬を売る店ではないことにやがて気づくようになるとは、千代はこの時は夢にも思わなかったのである。

華島代官所

ようやく訪れた北国の春が終わって、次に新緑の季節がやってきた。新之助は、この季節が一番好きである。しかし、気持ちのいい時期はあっという間に終わる。短い夏が過ぎると、厳しくて長い冬が前触れもなしにいきなりやってくる。

新田藩に来て、そろそろ二年半になる。馬庭念流の道場稽古にも慣れて、少しずつ体幹が鍛えられて、構えも流派の形らしくなってきた。久しぶりに高弟の一人に数えられる桜井正吾と立ち合ってみたが、互角に近い立ち合いができたようだ。かつて即位付けで苦も無く抑え込まれ、手も足も出なかった相手だ。

藩主館に上がると、すぐに響四郎の待つ奥書院に呼ばれた。部屋に入ると、河村善太夫が控えていた。顔に疲労の色が窺えるが、心が萎えている様子はない。華島から近況の報告に戻ったと聞いている。

「ご苦労だな。それで、何か変わったことがあったか？」

響四郎の声掛けに、河村は平伏した頭を上げて、軽くうなずいた。

「変わったことではございませんが、いくつか分かったことがありまして、ご報告に参上いたしました」

「うむ。申してみよ」

「まず、某《それがし》が日頃詰めているのは華島の東浦ですが、その反対側、西の海岸に行ってまいりました」

「ほう、いかがであった？」

「途中、なかなか険しい山谷を越えて参りましたところ、生い茂った樹木の先に急に視界が開けるところに出まして海が見えました。そこは、文字通りの断崖絶壁でして、人の影など全くございません。ただ、遠くに沖を東に向かう船を望むことができました。おそらくは蝦夷地に向かう北前船かと思います」

「そうか、どこの船かわかったか？」

「いえ、そこまでは……。それから断崖沿いに右手に海を見ながら山道を左に進みました。すると、小さいながら浦があり漁師の小舟が何艘か、浜に上がっているのが見えました。その辺りが西浦という集落で、村人はせいぜい百人ほどかと。多少は田畑も見えましたが、大した広さではございませんでした」

「西海岸の村はそこだけか？」

「あるいはほかにも点在する家屋が少しはあるかもしれませんが、主だった集落はそこだけかと」

「下りていって、村の者と話してみたか？」

「いえ、それはできませなんだ、適当な下り口が見つからず、しばらく周囲を歩いてみましたが、結局そのまま東の海岸に引き返しました」

　響四郎は、うなずくと話の先を促した。

「後は、東浦に戻って聞いた話ですが、平安の昔よりこの華島の山を隔てた東と西の海岸の村人の間には争いが絶えなかったそうです。といいますのも、最初九州から渡ってきて東浦に住み着いた松浦の一党を、後から東の海岸に上陸した越前の氏族が追い払い、西海岸に押し込めたのがそれぞれの集落の始まりだったとか。したがって両者の間には山地があって行き来は途絶しておりますが、不用意に相手の領域に踏み入った際には、必ず騒動が起きたそうでございます」

「しかし、それは戦国までのことであろう。徳川の治世となってからは、天領に組み入れられたこともあり、争いは絶えたのではないか？」

「確かにその通りでございます。ただ、この島にも、時化《しけ》が続いて長らく不漁に苦しんだり、あるいは夏冷えや大風で不作の年もありました。そのような時は、飢えをしのぐため相手の土地に侵入して絶えていた争いが再燃したこともあったそうですが、近年は、新田藩がそのような不漁や飢饉の際には、必要に応じて双方に米や銭を振舞って、人心も至極落ち着いているようでございます」

響四郎はその話を聞いて、少し身を乗り出した。

「ほう、それは初めて聞いたが、なかなかできぬ善政だな」

「御意。実は、それをなさったのは芳蓮院様でして、その手助けを佐藤屋清助という商人がしているようです」

「佐藤屋か。確か越後の商人と聞いているが、いささか不思議な取り合わせだな」

「いかにもその通りです。この先は、もう少し調べてみないことには何とも言えませぬ。それに先日古老より聞いた浮き物の正体も見極めませぬと」

響四郎は、うなずいて言った。

「そこは至極興味があるところだが、だが早まってはならんぞ。まず、村に馴染んで中に入り込むことだ。何事もゆるゆるといたすがよい」

河村は、「ははっ」と頭を下げて平伏した。新之助も、それを見て、同じく平伏しながら、これから先、急ぎ次に打つ手を考えねばと、思考を巡らしていた。

河村が退席した際に、新之助も一緒に奥書院を出たが、しばらくして新之助だけ響四郎の控えの間に呼び戻された。

「先ほどの河村の話、そちならどのように読む？」

「恐れながら、まだ何とも言えませんが、芳蓮院様は何もかも知った上で、佐藤屋を使っているものと……」

「知っているのは芳蓮院様だけかな？　あるいは本藩も知り、ほかにもこのことを知っている者がいるだろうな」

響四郎の疑問に、新之助は首を傾げながら答えた。

「おっしゃる通りかと存じますが、果たして三つ巴、四つ巴となりますと、ますます厄介なことになります」

「そこだ。われらは、誰と組んで、どのように振舞うか、いささか思案のしどころだな」

「御意」

新之助は、あと二つ三つの事柄がわかれば、もう少し動き方が見えるのだが、と思う反面、焦る気持ちを戒めようと自らを律するのを忘れなかった。

それから十日ほど経って、藩主館の門番が何やら慌ただしく動いているのを館に登る途中の新之助は偶然目にした。事情を聞くと、華島から田島儀兵衛という代官所の手代が血相を変えてやってきたという。最初、町奉行配下の同心が田島の応対をしたが、すぐに上役の与力を通じて、大目付の中根文左衛門が直に会うことになった。中根は、田島を大目付の取り調べ部屋に留め置いた上で、早々に藩主の執務部屋に報告に上がりたいと言上してきた。新之助は、取り急ぎ奥書院で書見をしていた響四郎を呼びに行った。

「何事だ？」

「大事が出来《しゅったい》いたしました。華島にいた河村善太夫殿が、一昨日島の崖から海に落ちて亡くなりましてございます」

「なにっ」

普段は沈着冷静な態度を崩さない響四郎も、さすがに声を荒らげた。新之助は、藩主の執務部屋に響四郎を導くと、次の間で待っていた中根を呼び込んだ。

「河村の身に何があったのだ？」

「一人で島内の山道を西海岸の手前まで歩き、仏ヶ鼻と呼ばれる海に突き出た断崖の先で佇んでいたところ、誤って足を滑らせて遥か下の海に落ちたとの知らせです」

「誰か見ていた者がいるのか？」

「いえ、やや離れた所で海胆《うに》や栄螺《さざえ》を採っていた漁師が、人の叫び声と落ちた際の水音を聞いて船を寄せて助けようとしましたが、残念ながらすでにこと切れていたとの申し出です」

「まさか突き落とされたのではあるまいな？」

「いえ、そのようなことは……。まだ、何ともわかりませぬ。漁師もそこまでは見ておりませんので……」

響四郎は、大目付の中根に向かって厳しく命じた。

「その方、与力など連れて華島に渡り詳しい事情を探ってまいれ」

そうして、中根が部屋を出て行った後で、沈痛な面持ちで新之助に向き直った。

「いよいよ残るところ四人になったな。わしも一度は華島に渡るが、河村の後は大梶兵太に代官として行ってもらう。加えて、そちにも代官の添え役として行ってもらうことになろう。その前に、芳蓮院様に一度お目通りした方がいいだろう。都合を伺ってくれないか」

新之助は「はっ」と応じると、急いで部屋を辞した。

いよいよ自分にも順番が回ってきたと新之助は緊張した。大梶は勘定方にいるが、かつては藩の稽古試合で敏速な剣の腕前を見せたことがあるという。自分も習い覚えた馬庭念流の技を使う時が来るかもしれないと気を引き締めたが、剣技だけでこの難局を乗り切ることはできない。河村は事の真相に一歩近づいたが、もう一歩と挑んだところで葬られた。この局面に至っからなかった。

て自分がなすべきことは何だろうか？　新之助は自問自答するが、確たる答えはなかなか見つ

数日後、大目付の中根文左衛門が華島から戻ってきて河村善太夫の死に至る経緯などについて響四郎に知り得たことを報告した。

「河村殿は、島の西海岸の探索にいたく関心を示されて、代官所の手代らに案内させて何度か島の中ほどにある大柴山を越えて、山麓の雲平まで出向かれたとのこと。こたびはさらに北に真っすぐ仏ヶ鼻まで歩き、そこから海を眺めておられたようです。西海岸の集落がある西浦には、雲平から山道を西に逸れて急な坂を下っていくのですが、そちらに行かれた形跡はございませんでした」

「それで、今度も誰か連れて行ったのか？」

「いえ、あの日は、曇って海は靄《もや》がかかったように霞んで見える日でしたが、河村殿は早朝に一人で西海岸に向けて出かけたようです。手代の田島儀兵衛や代官所の雇い人に聞きましたが、誰も河村殿が山道を西海岸に向かう姿を見たものはいないとのことでした。ただ、田島が気になる話をしていました」

「どんな話だ？」

黙って聞いていた響四郎がふと顔を上げて続きを促した。大目付の中根が、手元の口書きを

見ながら、言葉を慎重に選んで話を続けた。

「河村殿は、昨年の秋に島の古老から聞いた浮き物の話に興味を持たれ、今の時期に海が霞む日があれば、その浮き物も出るだろうから一度見てみたい、と話されていたようです」

「それで、浮き物は見えたのか？　河村を助けようとした漁師は何と言っている？」

「いえ、漁師に尋ねてみましたが、当日は漁に一生懸命でそのような事象には気付かなかったし、そもそも岸辺の舟から見てもまず見えないだろうとのことでした。浮き物は海上遥か先に浮遊する大きな物体の影のようなもので、河村殿がなされたように仏ヶ鼻といった遠くを展望できる見晴らしの良い断崖の上からでないと見るのは難しいと言い伝えられているそうです。もっとも怪異な現象なので島人で浮き物を好んで見る人はいないとも申しておりました」

「とすると、河村は一人で浮き物を見に行き、そこで難に遭ったということか？」

　響四郎の問いに、中根はうなずいた。

「その通りかと存じます。ただ、実際に河村殿が立たれていたと思われる仏ヶ鼻にも行ってまいりましたが、辺りに特に争ったような痕跡はなく、ただし、その突端から海に落ちれば、やはり間違いなく生きてはおれぬと納得した次第です」

「仏ヶ鼻の下は真っすぐ深い海か？」

「いいえ、岩礁ですので、海際まで切り立った岩場です。河村殿も身体中に傷を負っていまして、全身を打撲されて亡くなられたとの医師の見立てでした」

響四郎は、「わかった。ご苦労であった」と応じて、中根を下がらせた。

その後で、新之助を控えの間に呼んだ。

「結局、大したことはわからず仕舞いであったな」

「いえ、おそらく河村殿は、浮き物の正体を見たのでしょう。だから、亡き者にされたのだと思います」

「すると消したのは、芳蓮院様の手の者か、あるいは本藩の諜者か？　それとも浮き物にかかわる別の者たちか？」

「それは、何ともわかりかねます。ただ、いずれの場合もあり得ます」

「公儀の隠密も島に入っていようが……」

「確かに。ただ、こなたの動きは公儀の思惑に必ずしも沿っているものではありません。公儀にしても、こなたに害を与えはしないものの、別の者と争ったとしても、手出し無用と判断しましょう」

「いかにもそうだな。やはり、今のうちは芳蓮院様を頼るしかないか。河村の横死は、藩内の主だった者は皆知るところとなっている。なぜか昨夕、正室の浜御前がわたしに、そろそろ芳蓮院様ともろもろ相談した方がよいのでは、とささやいてきた」

「今が潮時とお考えなのかもしれませんが、単なる腹の探り合いでは、先には進みません」

「そこだな。あからさまに公儀の言い条を唱えるわけにはいかんから、新田藩の益はわしらの益と言うしかあるまい」

「そうなれば、芳蓮院様の思うところと一致しますが、果たしてどこまで信用なさいますか？」

「それは、お互い様だ。歩み寄って様子を見るしかあるまい」

新之助が、そっと顔を上げて響四郎の目を見ると、響四郎はその目にうなずき返してきた。久しぶりに主従二人の気持ちがある方向に向けて重なり合った気がした。


その翌月になって、新之助は、響四郎と龍胆寺にある芳蓮院の庵を訪ねた。そろそろ夏の盛りだというのにまるで晩秋のように肌寒い日だった。空はどんよりと曇って日の光は弱く、道すがら目に入る水田の稲も心なしか力なく冷たい風に揺れている。

「芳蓮院様、ご機嫌麗しく何よりでございます」

響四郎が口上を述べると、相変わらず肌艶もよく、ふくよかな身体つきの庵主は、微笑んでゆったりと白い手を上げた。

「堅苦しい挨拶はしなくても結構ですよ」

響四郎は、勧められるままに茶を喫して話を進めた。

「今日、参りましたのは、一つには華島の件でございますが……」

「代官殿の災難の件、伺いました。誠にいたわしいことと心を痛めております」

「某《それがし》が浜名藩からこちらに参りました折は、藩士を五人連れてまいりましたが、すでに二人を失いました。華島は、幕府の天領ゆえ、一応はしっかりと目配りしなくてはと念じておりましたが、なかなか思うように参りません」

「そうですね。あの島は、昔はもめ事が多くて取り締まりに苦労した時もございましたが、近頃は目立った騒動もなく、今度のことは本当に残念ですが、しばらく様子を見るしかないかもしれません」

「ところで、某《それがし》の聞くところによれば、あの二人はあるいは殺されたのではないかとの疑いが持ち上がっております」

庵主は眉をひそめて首を傾げた。

「左様ですか。それは恐ろしいこと……」

「庵主様には、大変慈悲深いことに華島の村人に飢饉や不漁の折には米や銭を分け与えていらっしゃるとか。そのお手伝いを佐藤屋清助と申す新潟の商人にさせていると伺いましたが、佐藤屋とはどのような関わりでございましょうか？」

庵主は、かすかにうなずいてから口を開いた。

「先々代の藩公がご存命の頃、身体の不調を訴えた折に藩の医師に高麗人参を勧められて、回船問屋の津島屋に相談しましたところ、新潟の薬種商の佐藤屋を紹介されました。二年前に亡くなった尚久公も人参を煎じて飲んでおりましたから、佐藤屋には二代に亘って世話になったことになります。佐藤屋は薬種商ですが、手広く商売をして、俵物など海産物も扱っておりますので、領内の港で上がる鮑や海鼠などを乾して上方に売るのも任せております」

「まだ某《それがし》は佐藤屋とは面識がございません。一度ご紹介いただけますでしょうか？」

「もちろんです。月に一度は当地に参りますので、お館に参上するように申し伝えましょう」

「もう一つのご相談事は、今年の異常な気象です。梅雨に雨が降らず、真夏になっても暑くなりません。このままでは稲穂が実らず、さらに大風でも吹けば飢饉は免れません。先頃から領内を回っておりますが、当藩は大丈夫ですが、奥羽の他の領内では早くも一揆の噂が出ております。早めに備えをしておきたいと存じます」

「それは、藩主殿の御役目、存分になされたらよいと思います」

「そこで最近気づきましたのは、当藩の財政が思ったよりも潤っていることです。もちろん新田の開墾をなされた先君のご英断によるところが大かと存じますが、江戸におりました時はどの藩も内緒は火の車と聞き及んでおりましたゆえ、いささか安堵もし、驚いてもおります。商人衆からの運上金などもあるようですが、この辺り何か心に留めおくことなどあればお伺いしたく存じます」

庵主は、少し遠くを見るような仕草をしてからおもむろに答えた。

「響四郎殿のご懸念は、御用商人どもと藩内の一部の重臣たちとの癒着とかを気にされているのかしら？　それならば、少なくとも藩を揺るがすような大事に至ることはありませんよ。そのようなことがあれば、わたくしの耳にも入ってきましょうし、家老の樋口をはじめ執政の者どもはいずれも袖の下などとは無縁の質素な暮らしを送っているように見受けられます」

「庵主様のお話をお伺いすると、藩内のさまざまな消息にずいぶんと通じていらっしゃって本当に驚かされます」

響四郎が笑顔で言うと、庵主も笑みを浮かべた。

「それほどでもございませんよ。たまに館の女房衆がやってきまして、口さがない女ども同士ですから、いろいろなことをおしゃべりしていきます。ま、たわいのない話が多いのですが、それとなく藩内の雰囲気もわかろうというものです」

「某《それがし》も、そのようにしっかりと見る目を持ちたいものです」

響四郎がそう言って腰を上げようとすると、庵主はやんわりと目で押しとどめて言葉を継いだ。

「響四郎殿は、この藩に来られるに際して、何か存念がおありなのでは?」

「いえ、存念というほどではございませんが、気になる噂を耳に致しましたので、そのことはいささか気に懸かっております」

「それが華島の件ならば、しばらく手出しは無用になさいませ。少なくとも、藩士を一人で海に出したり、島内を歩き回らせたりすることは大変無謀な事です」

「無謀とおっしゃいますと?」

「島には、羽州本藩の忍びの者もいれば、公儀の隠密も入っております。それ以外にも、いろいろな者が入り込んで互いに牽制し合いながら、それぞれにうごめいています。そこに事情を知らない者が無造作に入ってむやみに探し回れば危険な目に遭うのは火を見るよりも明らかです。もし、何か知りたいのならば、まず時間をかけて島の民になりきることが先決です」

響四郎は、聞き入るように頭を垂れる仕草を見せた。

「それと、もう一言付け加えますと、今度の騒ぎは羽州本藩の虫鳴きの衆の仕業です」

「虫鳴きの衆？」

「仲間同士の合図に虫の鳴き声のような口笛を使います。羽州本藩の忍びです。島に入った者のうち、公儀の隠密やそれに近い筋の者を見境なく殺します。お気をつけあれ」

響四郎は、改めて深く頭を下げて、庵を辞した。部屋の脇に控えていた新之助も慌てて立ち上がった。顔が火照るような軽い興奮を覚えていた。


その日藩主館に戻ると、新之助は藩医の了安をその屋敷に訪ねた。了安は還暦間近といった年回りの温厚そうな老人だった。頭髪は真っ白だったが、長く伸びた眉毛の先だけ黒いのが妙に目についた。

「先々代や先代の藩公に高麗人参を煎じてお飲みになるように勧められたのは、了安殿でございますか？」

了安は、「いかにもその通りだが……」とやや怪訝そうな面持ちで答えた。

「さきほど藩公と芳蓮院様をお訪ねしまして、庵主様から佐藤屋清助の紹介があった折に、そのようなお話が出ましして……」

新之助が言うと、了安は「なるほど」とうなずいて言った。

「佐藤屋はなかなかよくできた薬種商でしてな。高麗人参などは物によっては大層高価な薬種でございますが、私どもにはいたく購いやすい値で分けていただいています」

「了安殿の施療には、ほかにはどんな薬を佐藤屋から購ってお使いになっておりますか？」

「ま、いろいろですが、先頃は、桂皮《けいひ》や丁子《ちょうじ》などを購いましたかな。ほかにも、縮砂《しゅくしゃ》とか。いずれも胃腸の調子を整える薬です」

「門外漢なので的外れなお尋ねで恐縮ですが、佐藤屋が扱っている生薬で何か目立った特徴などはございますか？」

「特徴、ですかな？　まあ、富山で修業されたということで、一通りどんな生薬も扱っていらっしゃいますな。強いて言えば、船来の南方産の薬に強いことでしょうか。さきほど申したように、身共《みども》にはいずれもかなり安い値で分けていただいておりますよ」

新之助は、さらに頼み込んで、最近了安が買い求めた薬の種類と数量と値段を書き留めさせてもらった。後で、これを勘定方の大梶兵太にどれほど通常の市価と比べて安いのか確かめてもらおうと思った。

新之助が了安の屋敷から長屋に帰る道を急いでいると、遅い午後の日差しに淡く照らされた辻で呼び止める者がいた。見ると、桃井助之丞だった。今日は非番なのか、袴をつけずに着流しで歩いている。なんとなく粋な風を装っているようで、新之助は自分が無粋な田舎侍と侮られているようで少しばかり気持ちが尖るのを感じた。

「おう、久しぶりだな。芳蓮院に顔を出してきたんだってな」

どこから聞き込んだのか、相変わらず耳が早い。新之助が、無視するわけにもいかずにうなずくと、桃井はにやりと笑って、付け加えるように聞いてきた。

「芳蓮院は手の内を明かしたか？」

「手の内とは？」

「狐舞の巫女の話だよ」

「狐舞？」

新之助が、思わず聞き返すと、

「しっ、声が高い」

桃井は口に指を当てた。

「小湊に神社があるだろ。華島に向かう御用船の船着き場のそばだ。元はあそこの巫女の集まりだったらしいが、今じゃ芳蓮院の手の者を狐舞の衆と呼ぶらしい。領内の至る所に目を光らせて、いろいろと庵主に報告しているそうだが、いざという時は剣戟も辞さないという怖い女たちだ。お前も気を付けた方がいいぞ」

新之助が、驚いて聞き返そうとすると、桃井は「じゃあな」と言って、街の盛り場の方角へ消えていった。柳町という城下唯一の花街に馴染みの店ができたらしく、近頃はそこに入り浸っているらしい。

新之助は、「虫鳴き」と「狐舞」と二つの影の集団の名前を胸に留めて、再び長屋への家路を急いだ。今日は、鯵の干物と漬物があったはずだ。飯を炊いて青菜の味噌汁をつくるか……。疲れた頭で晩飯の惣菜を考えている新之助の背中をほの暗くなった夕日が茜色に染めていた。

道場仲間

山から吹き下ろす風が木々の枝を揺らして時折大きな音を立てる。樹木は燃えるように紅く染まった葉を枝先から見せ始めている。季節が進んで、稲の刈り入れもまもなく終わりを迎えるが、今年の収穫は去年の量の半分も覚束ない。明らかな不作だった。

新之助は、響四郎の命を受けて郡方に勤める馬庭念流の道場仲間の川合育三郎と羽州本藩との国境に近い村々を回っていた。海沿いの新田に比べて、山間に近い旧田の方が、夏の冷えが厳しかったせいか、稲の実りは乏しかった。藩としては慎重に検分をした上で、しかるべく年貢率の調整を進めようと考えているが、藩庫に余裕のない本藩からは、年貢の棚上げをすることについて横やりが入る可能性があった。

「ここまでの不作の年は珍しいな」

川合は新之助の方を向くと、諦めたように言った。

「こういう年は、特に国境に近いところで一揆が持ち上がる。館めがけて筵《むしろ》旗を掲げて強訴に及ぼうとするのだが、その扇動役は実は領内の百姓たちではない。本藩から流れ込んだ百姓を装った間者どもが仕掛けることだ」

新之助は不審に思って問い返した。

「なぜそんなことをする？　下手すれば藩政不行き届きとなって公儀から咎めを受けるやもしれぬ」

「なに、そこまでの騒ぎにはしないさ。本藩にしてみれば、言いがかりをつけて自らの武力を笠に着て、新田藩から運上金の実入りをかっさらおうという魂胆だ。新田藩には領内に広がった一揆を鎮圧するほどの備えはないからな」

「運上金というのは、そんなに豊かなのか？」

新之助の質問に、川合は声を潜めた。

「よくは知らない。ただ、差配しているのは、芳蓮院様だ。庵主様は、その金を用いて、藩を後ろから動かしている。だから、樋口家老も久保用人も芳蓮院様の庵に日参して、その指図を仰いでいる」

「辻三郎兵衛殿はどうだ？　最近、あまり名前を聞かないが？」

「そこだな。樋口家老はやり手だが、そろそろ年だ。すると次の家老は、久保用人と辻殿の争いになる」

新之助は黙って聞いていた。

「勘定方は、久保帯刀殿の管轄だから、商人どもの献金は、久保用人の懐を通って芳蓮院様の金蔵に入る。つまり、久保用人は、芳蓮院様の金庫番ということだ。もちろん芳蓮院様の久保殿に対する信頼は厚い。そこが、辻殿にとっては我慢がならないところだ。このままでは樋口家老の後釜は久保用人で決まりだ。一方で、本藩は新田藩の重臣の誰かと組んで、この藩の喉《のど》頸《くび》を握りたいと願っている」

「その組む相手は、辻三郎兵衛殿か？」

「そうと決まったわけではないが、その可能性は十分ある。本藩が辻殿を懐柔すれば、芳蓮院様の権勢を少なからず抑えることができる。辻殿も、本藩と組んで芳蓮院様の力を抑えられれば、次の家老としてこの藩を牛耳ることができるやもしれん」

新之助は、川合育三郎とずいぶん危険な話をしているのに気づいた。もし、そのようなことが現実に起これば、響四郎の立場は当然危うくなる。それに華島だ。この藩には火薬庫がいくつもあると心のうちで身震いがした。

新之助は、収穫の検見《けみ》を続けながら、川合といくつかの村を検分して回った。その道々で新田藩と本藩の間の確執について語る川合の声に耳を傾けた。

「さっきの話だが、もし本藩が辻殿と組んでこの藩を牛耳ろうとしたら、どのように仕掛けてくるだろうか?」

「それはやはり華島だろう。おれは詳しいことは知らないが、華島は天領と言いながら、かつては本藩が預かり地として管理していた。ただ、手間ばかりかかって、実入りの少ない離れ小島だった。そこで、新田藩ができた時に華島の管轄をこの藩に移した。それがこの十年ほどで、理由はわからないが華島は『打ち出の小槌』となったようだ。もちろんそれには芳蓮院様の深慮遠謀があったわけだが、それを本藩は指をくわえて黙って見ているのは我慢がならない。だから、辻殿を使ってまず華島のからくりを暴《あば》き、そこから上がる実入りを自分のものにしたいと思っている。ただ、単に暴くだけでは、公儀や他藩の知るところとなって自藩の懐には入らない恐れがある。だから、本藩と新田藩の間だけで決着のつくやり方で新田藩に詰め腹を切らせる方法を考えるだろう」

「それは、どういう手段なのだろうか?」

「さて、おれには何ともわからないな。ただ、勘定方にいる高梨左近だったら、何か勘所がつかめるかもしれない」

新之助は、次に道場に行った折に、高梨を飲みに誘って内々に聞いてみようと思った。

それにしてもこの数日で、新之助は川合とは肝胆相照らす仲になったような気がする。藩の馬庭念流道場に通い始めてまもなく一年半になる。初めのころは他領からやって来た客人扱いだったが、一緒に竹刀を握って汗を流すことで次第に気持ちが通じ合うようになった。特に、最初に稽古試合をした高梨左近、川合育三郎、桜井正吾の三人とは、同年配ということもあって何度も連れ立って飲みに行き、今では気兼ねなく付き合っている。いつか芳蓮院が言った、時間をかけて島の民になりきるというのも、こういうことなのかとおぼろげながらわかったような気がする。


その数日後、新之助は、郡部で検見を続ける川合と別れて、藩主館の勤めに戻った。

三日ほど雑務に追われたが、ようやく道場に顔を出して、ひと汗かいた後に、高梨左近を一杯付き合ってくれと誘い出した。末広町という手ごろな飲み屋が並ぶ街の一角にある柳橋という小料理屋に連れ立って入った。小料理屋といっても、居酒屋を少し上品にした感じの店で、武家も町人も入り混じって飲み食いしているが、奥には一応衝立で仕切られた小上がりがあり、二階には一間だけ商談に使えるような小さな座敷があった。新之助は二階に上がると、店の女中にしばらく二人にしてくれと断った上で、川合に聞いた話を高梨に伝えて、それとなく辻と本藩のつながりについて尋ねてみた。

「そのような噂は確かに聞くが、おれも信憑性のほどはわかりかねるな。ただ、仮に本藩が辻殿をけしかけて何か知恵を出させるとすると、久保用人の失脚を狙って藩費の使い込みを暴くとか、かな」

「使い込み？　何か、確証はあるのか？」

「まさか。ただ、何だろう？　久保用人は、わずかな供回りを連れて江戸表にたびたび出向いて、いろいろな藩の江戸留守居役などと会ったりしているようだ。それも裏金を使って名のある料亭で接待したり高価な進物を持参したりしているらしい」

「用人というのは何があっても城に詰めているのが本分かと思ったが、江戸表に頻繁に出張るというのも何かおかしな話だな。どんな藩と付き合っているのだ？」

　高梨は首を振った。

「書付など上がってこないからわからない。ただ、以前付いていった供の者に聞いたところ薩摩藩の上屋敷に行ったとか言っていたな。もう一つ、確か松前藩の名前も聞いたような気がする」

　新之助は苦笑して言った。

「北の果てと南の端だな。不思議な取り合わせだ。ところで、辻殿には汚職がらみの噂はないのか？」

「とりたてては聞かんな。もっとも米商人の広瀬藤右衛門とはよく会っているらしい。まあ、郡奉行が藩御用達の米商人と会うのは当たり前の話だがな」

「しかし、一歩間違えば癒着だ。しかも、広瀬藤右衛門はもともと本藩の御用商人だ。辻殿が、広瀬を頼って本藩の重臣たちと意を通じるのはあり得るかもしれん」

「いかにも、それはあり得るな」

高梨はうなずくと盃を持ったまま、「おおい」と女中を呼んだ。いかの塩辛と茄子の漬物を頼んで熱燗の徳利を三本ほど追加すると、「さあ、飲むぞ」と嬉しそうに喉を鳴らした。

高梨は剣も達者だが酒も滅法強く、飲みだすと止まらないたちで、新之助も今日はとことん付き合うしかないな、と腹をくくった。

翌日は非番だったので組長屋で昼近くまで寝過ごして二日酔いを醒まし、夕方になって湯屋に行こうと外に出ると、いなせな着流し姿の若い侍と道の真ん中で鉢合わせした。よく見ると、同じ近習組の桃井だった。

「また柳町か。よく金が続くな」

新之助が半分妬み交じりに挨拶すると、足を止めた桃井が声を潜めて、

「お前、近頃の醜聞騒ぎを知っているか?」

と聞いてきた。

「醜聞?　何の話だ?」

新之助が怪訝な顔で聞くと、桃井は例によって見下したような態度で言った。

「三日ほど前に館近くの辻に落首があった。濡れそぼつ蓮華を覆う枯れ紅葉云々というやつだ」

「何だ、意味がわからんな」

「わからんか。蓮華は芳蓮院だ。紅葉は、用人の久保帯刀の雅号だ。屋敷に大きな紅葉の木がある」

「ということは、噂の主は芳蓮院様と久保用人か？」

新之助は、驚いて目を見張った。

桃井は、鼻で笑うと「じゃあな」と急ぎ足で立ち去っていった。

その三日後、新之助は、道場での稽古の後に、今度は納戸方に勤める桜井正吾に声を掛けて飯に誘った。

行き先は同じ末広町でも最近馴染みとなった老舗の蕎麦屋である。根っから真面目な性格の桜井は、酒をあまりたしなまなかった。

二人は、新蕎麦の香りを楽しみながらあっという間に三枚ほど盛り蕎麦を平らげた。頃合いを見て、新之助は、ちょうど店内に客が誰もいないのを確かめると例の落首の件を切り出した。

桜井は、その落首の噂を知っていた。

「たわいもない噂と言いたいところだが、根も葉もないというわけではなさそうだ。もっとも落首は、本藩筋の嫌がらせだがな」

「しかし、そんなことをやって、誰が得をする？」

「用人の久保殿がつまずけば、郡奉行の辻殿が得をする。だが、見え透いた手だな。おそらく本藩の狙いはほかにあると見た」

「ほかの狙いとは？」

新之助の問いに、桜井は、ぬるくなった蕎麦湯で少し口を湿らせてから小声で答えた。

「これを契機として藩内の風紀の乱れを責めて芳蓮院様の動きを監視し、響四郎殿を牽制するのだろうが、あるいはもっと悪辣なことを本藩は考えているのかもしれない」

「それほど本藩は、この新田藩を心憎く思っているのか？」

「その辺りの事情は、われらにはわからない。ただ、伝え聞いた話によれば、例の末期養子の一件の時に、本藩が用意した藩主一族の跡継ぎ候補を、芳蓮院様がきっぱりとお断りになられた。その時以来、両藩は絶縁状態になったようだ。そして、本藩の重臣たち、とりわけ養子縁組を藩公に一任された中老の飯沼勘解由《かげゆ》殿は、面目丸潰れとなって、いつか必ず煮え湯を飲ませてやると日々念じていると噂されている」

新之助は、この話を聞いて、藩の中の陰湿な権力争いは、その背後に本藩と新田藩の長年にわたる確執があり、それが響四郎の着任以降、緊迫の度合いを一層高めていると改めて知った。

その数日後、新之助は、響四郎のそばに控えて、藩主館に客が現れるのを待っていた。客というのは、佐藤屋清助である。佐藤屋は、店のある新潟から月に何度か、各地の得意先を回るらしく、今日は新田藩の藩主館に伺候したいとひと月ほど前に都合伺いがあった。

近習の桃井が「参りました」と告げに来て、新之助は響四郎の後について客間に入った。

「面《おもて》を上げよ」

響四郎の声に応じて、平伏していた佐藤屋が顔を見せた。中年というより初老といった年格好だが、温和な表情の後ろに商売に対する自信と進取の気性が見えて、大商人らしい風格を漂わせていた。

「芳蓮院様より、その方の華島における気働きは聞き及んでおる。お陰で島民らも安穏に暮らしているようだ。加えて、当藩への多額の運上金の納め入れ、ありがたく思う」

「過ぎたるお言葉、かたじけなく存じます」

佐藤屋が丁重に頭を下げるのを見て、響四郎は言葉を続けた。

「ときに、そちが、華島によくしてくれるには、何か理由があるはずだが、それは何かな?」

新之助は、響四郎がいきなり核心に触れる問いを発したので、内心驚いた。

「さて、華島にて佐渡のように金でも出ればまた格別でございましょうが、それは夢のまた夢でございます。貧しい島でございますれば、手前どもは芳蓮院様のお求めに応じて、わずかばかりの寄進をしているだけでございます」

響四郎は、軽くうなずくと、柔らかい声で問答を楽しむように続けた。

「ちなみに、華島の外海は、千石船が行き来していると聞く。日によっては海が荒れることもあろう。船泊りの場所としては、どうかな?」

佐藤屋は少し黙って考えていたが、軽く首を振った。

「千石船が着ける港となりますと、相当な普請工事をして港を広げ、海の底も浚《さら》わなければなりません。東浦は、遠浅の海岸ですし、西浦は入り江ではありますが、なにぶん手狭な上に周りの岩場が邪魔で拡張の掘削など到底できません。むしろお膝元の小湊を広げるのがよかろうと存じます」

「なるほど、いかにも道理だな。ところで、華島ではある季節になると海の上に浮き物と称するものが見える怪異な現象があるという。何か聞いたことはあるかな?」

「富山の方では、春から初夏にかけて海の上に陸地が浮かんで見えることがあります。蜃気楼と呼ぶそうですが、それと同じような現象かと」

響四郎は、ひとまず佐藤屋に茶菓を勧めると、また穏やかに話を続けた。

「そちは、かつて長崎の朱座におったと聞いたが、なにゆえに父祖の代からの家業を離れて薬種商に転じたのか?」

佐藤屋は、一口ゆっくりと茶を含むと、茶碗を置いてよどみなく答えた。

「朱座も大事な仕事ではございますが、やはり仕事の幅に限りがございます。家業を継いでまもなく大病を患いまして、その折にだいぶ富山の薬売りに助けてもらいました。それで、思い切って朱座の株を売って転業いたしました。朱も能登特産の塗り椀などに使われてそれなりに世間の求めがございますが、薬は万人が一生のうちに必ず厄介になるもので、商売の幅もぐんと広がってございます」

「ほかにもいろいろと商っていると聞くが。例えば、どんな品物を扱っているのかな？」

「かつて長崎におりましたゆえ、長崎会所に出入りする商人とはいまだに付き合いがございまして、そのような縁から長崎に集まる唐《から》や南蛮渡来の品などを仕入れることがあります。また、大坂にはしばしば商品の買い付けに行っておりますので、そこでも薬種の仕入れのついでにさまざまな品物を求めたりしております。いずれにしましても、手前どもの生業は薬種商が主で、後は手間賃稼ぎの副業でございます」

響四郎は、大きくうなずくと「わかった」と応じた。そうして、

「いつか機会があれば、わしも華島に渡ってみるかのう」

と独り言のように語って口を閉じた。佐藤屋は、しばらく考えていたが、

「もしお殿様さえご都合がよろしければ、わたくしめがご案内申し上げてもよろしゅうございます。もっとも、冬場は海が荒れますので、この十日か半月の間、あるいは来春以降ということになりますが……」

響四郎は、ふと思案した後、急に思い立ったような表情を見せた。

「よかろう。それならば、早々に支度をいたそう。その方は、大丈夫か？」

「結構でございます。この後に酒田まで足を延ばす予定でございましたが、それでしたら御供

申し上げます」

佐藤屋の即答に、新之助は驚き、隣にいた桃井も慌てた様子を見せた。

藩主の視察となれば相応の準備がいる。十日ほどのうちに華島に渡って戻ってくるには、御用船の仕立てから島内での宿所の手配、さらに警護の藩士などさまざまな用意を早急にしなければならなかった。ただ、新之助は、この機会に佐藤屋清助が何者であるか、しっかりと見定めておきたいとする響四郎の強い意向を感じ取っていた。

その日から、藩主の華島行きの準備が大至急で進められた。代官所の手代の田島儀兵衛に早船で伝令が行き、警護には藩道場の師範で馬廻り組の小野寺源之進が桜井正吾以下の高弟を連れていくということになった。

いよいよ響四郎以下、藩士、供回りの中間小者らを含めて数十人が、津島屋六右衛門が仕立てた三艘の御用船に小湊から乗り込む段になって、藩主館から早馬が届いた。

「不作に悩む隣国の本藩の百姓のうち、逃散《ちょうさん》した者どもが大挙してわが領内に入り、村役人が管理する米蔵を襲っております。取り急ぎ郡奉行の辻三郎兵衛殿が、藩兵数隊を引き連れて取り締まりに出向くとのことでございます」

「逃散して入ってきた不届きな輩の人数はいかほどか？」

「十数人と聞いております」

「ならば、大事ないだろう。後は、辻にまかせよう」

響四郎はそう言って船に乗り込みかけたが、急に思い立って警護頭の小野寺源之進を呼んだ。

「藩道場の者で心利き腕が立つ者を、できる限り芳蓮院様と樋口、久保の警護に割いてほしい。直ちに手配してくれ。城下の守りが手薄になるようだ」

小野寺は、すぐに同行する予定だった桜井正吾を船から降ろすと、

「川合や高梨に言って、人数を揃えて警護を怠るな」

と伝えた。そうして、船は予定通り華島に向けて出港した。

海は穏やかで強い風もなく、船はゆったりとした潮の流れに乗って北に向かっている。海上に出ると、やや肌寒く感じたが、日差しがあって我慢できないほどではない。やがてゆっくりと近づいてきた華島は、最初は平べったい黒い影だったが、次第に海岸から緩やかに伸びる稜線となだらかに波打つ小高い丘が見えた。すでに浜茄子が赤く咲く季節は終わっていたが、近づけば緑豊かな美しい島である。船は半日かけて東浦の港に入った。

島では、新田藩の藩主が来るとあって、村役人など主だった島民は総出で出迎える歓迎ぶりだった。東浦の代官所が急ごしらえの御座所となり、代官所手代の田島儀兵衛の案内で、響四郎は茂左衛門と名乗る東浦の名主らの挨拶を一通り受けると、佐藤屋清助とともに海岸に沿って東浦近くの浜辺を歩いた。

「見ての通り、島の大半は山で占められております。こちら側は、杉林や竹藪に覆われて山も青々としておりますが、島の西側に参りますと海風が強く吹きつけて、木はあまり生えており

ません。海岸も、こちらは平らで砂地も見られますが、西の海岸は奇岩が立ち並ぶ断崖絶壁が続きます」

「島には人はいかほど住んでいるのか？」

「こちら側の東海岸に二百人ばかり、反対側の西海岸に百人ほどでございます」

「漁のほかに、田畑も耕しているのか？」

「左様ですが、それほど広い田地を有しているわけではございません。海近くまで山が迫っておりますれば、開墾するにもなかなか難儀でございます」

響四郎はうなずくと、「あれは？」と一町ほど先に点在する家屋の中で唯一暖簾の懸かった小屋掛けを指で示した。

「あれは、この島にただ一つある浦半という飯屋です。夜になれば酒も出すようです」

響四郎はうなずくと、佐藤屋清助を振り返って言った。

「明日は、ぜひ西海岸にも行ってみたいものだ。聞けば、仏ヶ鼻という絶好の見晴らし台があるそうじゃ。そこに行き、それから西浦まで下りてみたい」

佐藤屋は、「よろしゅうございます」とうなずいて、後ろに従う田島儀兵衛を振り返った。

「そうであれば、明日の朝は早出で参りましょう」

田島儀兵衛は、そう応じると響四郎らを急ごしらえの宿所に案内した。

その翌朝、響四郎ら一行は生い茂る草木の中の細い山道を登った。島の真ん中にそびえる大柴山の中腹を巻くように山麓の北側に抜けると、そのまま真っすぐ海岸に出て海沿いに仏ヶ鼻まで歩いた。新之助も同行したが、日頃道場で鍛えているとはいえ、山道を半日ほども休まず歩くのは久しぶりで、足腰に心地よい疲労を感じた。

仏ヶ鼻は、切り立った崖の上に開けた五坪ほどの平らな土地で、そこからは、どんよりとした黒い荒海の先、遥か水平線まで望むことができた。新之助は、ここがまるで日本の果てであるかのような気がして、思いもよらず遠い所に来たことを身をもって感じた。

「河村善太夫は浮き物を見るために一人でここまで歩いてきて、この先で足を踏み外して転落したのか？」

響四郎は、自問自答するように問いかけると、仏ヶ鼻の先端から真下の絶壁を覗き見ていた。新之助も誘われるように崖の下を見たが、打ち寄せる波が切り立った岩礁に当たって白いしぶきが高く跳ね上がるのを目にした。

「ここから落ちては、まず命はないだろうな」

新之助は、波に洗われている遥か下方の黒い岩棚を見てつぶやいた。そして、河村は誰かにつけられて来て、ここから突き落とされたに違いないと合点した。いくら絶壁に近づいて遠くの海上を望んでいたとしても、よほどの強風下でもないかぎり、そう簡単に足を踏み外すとは思えなかった。

一行は、一旦雲平と呼ぶ大柴山の山麓近くに戻ると、今度は仏ヶ鼻とは反対方向の南西に向かって坂道を下っていった。下りた先には、小さな漁港とそれを取り囲むように十数戸の家屋が点在していた。この鄙《ひな》びた集落が西浦だった。

「ご領主様ですか、西浦の名主の久兵衛です」

ここでも田島儀兵衛が差配して休息所を設け、村の主だった者が次々と響四郎に挨拶に訪れた。響四郎は、東浦に着いた時よりもさらに進んで村人に声を掛けて、日頃の暮らし向きなどを尋ねたりしていた。

この西浦は、東浦と異なり、本土と行き来する船便の港から離れているため村人の生活ぶりも自給自足に近い状態だった。しかし、不思議なことにそれほど困窮している様子はなく、もちろん絹物などは見当たらないが、名主らの着ているものを見ると素朴ながらも決して粗末なものではなかった。

「佐藤屋の金が西浦には相当に入っているようだな」

響四郎が新之助の方を向いて小声でささやいた。その声が聞こえたかはわからないが、佐藤屋清助が、横から口を挟んだ。

「村人が潤っているように見えますのは、実はこの西浦の海岸は、なかなか良い漁場で、立派な鮑や海鼠が採れるからです。夏は鮑を採り、冬は海鼠を採ります。いずれも乾して俵物にします。その稼ぎだけでも十分暮らせるぐらいの上がりはあります」

「その俵物は、佐藤屋が商っているのか？」

「左様です。江戸や上方に持っていくとかなり良い値で売れます」

新之助は、不思議に思った。佐藤屋が言うところは一応理にかなっているが、この自給自足の小さな漁村で採れる海産物が俵物としてはるばる江戸や大坂まで運ばれているという。一体どういう仕掛けで、そのような大掛かりな物の流れができるのか、新之助には皆目見当がつかなかった。

お家騒動

行灯の火を消しても、月の明かりが雨戸の隙間から障子越しに室内に差し込んできてほのかに明るい。規則正しい潮騒の音は、隣に眠る師範役の小野寺の豪快ないびきの音をいとも自然に掻き消している。やがて訪れる白雪に閉ざされた後の華島の様子を思い浮かべながら、新之助は布団の中でこの先どうすべきかの思案に暮れた。

三年前の夏に突然降ってわいた響四郎の新田藩への養子入り。その直前に、浜松藩の塩田恭之介が示した華島にまつわる風説と「島に赤石はありや?」の符丁。城山俊平と河村善太夫の相次ぐ横死。「浮き物」の謎。羽州本藩と新田藩との確執。芳蓮院を取り巻く藩の執政の間の葛藤と久保用人の醜聞騒ぎ。佐藤屋清助に加えて広瀬藤右衛門と津島屋六右衛門の商人間の競合。虫鳴きの衆と狐舞の衆の暗闘。そして、今日聞いた西浦の俵物。

何から何までわからないことばかりだった。新之助はどこから手を付けたらよいか悩んだまま、「島の民になりきる」という芳蓮院の言葉を脳裏で反芻していた。

翌日の昼前、曇り空の東浦の船着き場から、供を連れた壮年の侍が響四郎のいる陣屋に駆け込んできた。大目付の中根文左衛門だった。

「殿、一大事が出来《しゅったい》致しました。用人の久保帯刀殿が昨夜芳蓮院様をお訪ねになられた帰り道に襲われて落命いたしました」

血相を変えた中根の第一声に、代官所内は大きな騒ぎとなった。

「何者が襲ったのだ？」

響四郎の声が怒りで上ずっている。

「三人組の浪人に襲われてございます。勘定方の高梨左近と提灯持ちの中間が一人同行しておりまして、中間はあえなく斬死。高梨は二人を斬り伏せましたが、自らも凶刃に倒れました。久保用人も抜き合わせて浪人一人と相打ちになり、深手を負って戸板に乗せられて自邸に着いた時にはこと切れておられました。襲った浪人も、堀端まで逃げましたが、そこで息絶えているのが見つかりました」

浪人の懐から「天誅」と大書された書付が出てきたが、彼らが誰の差し金で久保用人を襲ったのかはわからなかった。ただ、堀端で死んでいた浪人には止めを刺された形跡が見られるとの調べもあった。

「すぐ館に戻る。ところで、中条新之助はおるか？」

響四郎の声を聞いて、新之助は進み出た。

「その方は、ここに残れ。華島代官所を預ける。大梶兵太を代官にとも思っていたが、勘定方で二人も倒れた以上、大梶をここに送ることはできん。そちが華島の代官だ」

新之助は、突然の拝命に驚いたが、常在戦場という言葉を思い出して、「承りました」と即座に答えた。

さらに、本藩との国境から新田藩の米蔵目当てに入ってきた潰れ百姓の一群の人数が百人余りに膨れ上がって、鎮圧に出向いた辻三郎兵衛の隊が手を焼いているという事態も報告された。

「いよいよ本藩が策動を始めたか」

新之助は、響四郎の一行を見送りながら、容易ならない事態が遂に到来したと緊張感をみなぎらせて一人胸の奥で呟いた。

響四郎の船に最後に乗り込もうとした小野寺源之進が、さりげなく新之助の傍らに寄ってきた。低い声で、

「高梨は残念だった。近頃見違えるほど腕を上げたのに惜しいことをした」

と語った上で、「念のため」と申し添えた。

「一人で動くなよ。一人で動けば警戒される。悪くすれば闇に葬られるので気を付けろ。だから仲間をつくれ。最初は誰が仲間かわからないだろうが、そのうちに見えてくる。島の東浦に一軒、浦半という一杯飲み屋がある。そこの女将に小野寺に剣を教えてもらったと言えば、何かと面倒を見てくれるだろう。その辺りをきっかけにして仲間を探してみるがいい」

新之助は、ありがたい助言をもらったと丁重に礼を述べた。すると、小野寺がうなずいて付け加えた。

「心配するな。今の新田藩の藩士の多くは、藩主の響四郎様に心を寄せているし、それは江戸から響四郎様を呼んだ芳蓮院様も同じお気持ちだと思う。芳蓮院様も、いつまでも殿を傀儡で置くつもりはないだろうから、響四郎様が力を発揮されるのを大いに頼りにしているのは間違いない」

「ついでに言えば、お主《ぬし》の剣は、まだ中途半端だ。剣に頼ろうなんて思うなよ」

新之助は深く頭を下げて、その忠告を胸の奥にしまった。

その翌日から、新之助は代官としての仕事を始めた。といっても、すでに一通りの挨拶回りは済ませているので、東浦と西浦の村役人の寄り合いに出向いていって、改めて代官を拝命したと伝えただけである。村役人らは一様に二十歳過ぎの若い代官の誕生に驚いていたが、だからと言って軽く見るような気配は感じられなかった。

「東浦の茂左衛門と西浦の久兵衛、この二人の名主とうまく付き合って信を得ることが肝要かと」

代官所手代の田島儀兵衛は、二回りも年下の新之助を前にして諄々《じゅんじゅん》と説いた。もとは小湊で船の出入りを差配する役所の下役だったらしいが、すでに二十年近くを華島の代官所で過ごし、今では姿かたちも島民と何ら変わらない。長年の島暮らしで面長の顔は浅黒く日焼けして染みだらけになっている。

「代官所のはす向かいに生垣に囲まれた家があります。先頃まで河村善太夫殿が住んでいた代官屋敷です。しばらく空き家だったので多少傷んでおりますが、雨風は十分しのげましょう。家財道具など古いものばかりですが、一通りそろっています。その隣の長屋に甚六と志げという老夫婦が住んでおりますので、その者たちに代官殿の世話をさせます」

「いろいろと手数をかけるが、よろしく頼みます」

「ところで、あと数日も経てば、次第に海が荒れてきます。今一度、城にお戻りになられて、重役衆はじめ主だった方々にご挨拶なされてはいかがでしょうか。今のところ、島で急を要するような事柄はないと存じます」

新之助は、この先当分の間は、田島の助言に従って島の暮らしに慣れようと思った。

その翌日の夕刻、新之助は藩主館に着いて、家老の樋口のほか、大目付の中根、さらに勘定方の大梶兵太に挨拶した後で、執務を終えた響四郎に呼ばれて控えの間に向かった。

部屋に入る前に廊下で桃井助之丞の姿を見たが、桃井は顔をそむけるようにして足早に近習部屋の方に去っていった。島送りになった男に用はない、といった素振りだった。

控えの間に入ると響四郎は外出の準備をしていた。

「ちょうどよい。これから芳蓮院様に会いに行く。供を致せ」

半刻ほど後、新之助は芳蓮院の茶室で庵主と向き合う響四郎の背後に控えて二人のやり取りに耳を傾けていた。芳蓮院は心なしか気分が優れないようで、肌の色つやも以前ほど輝いてはいなかった。

「このたびの闇討ちは、私が華島に渡り、また国境での百姓どもの騒ぎで城の勤番の侍たちが多く出払っていた矢先に起こりました。虚をつく仕業は、羽州本藩の飯沼勘解由と配下の虫鳴きの衆によるものかと思いますが、国境での辻三郎兵衛の働きぶりを見ますと、いささか不審な点が見られます」

芳蓮院は、ふと茶碗に落としていた視線を上げて鋭い眼光を響四郎に投げかけた。

「不審といいますと？」

「最初は十数人だった無頼の輩が、いきなり百人余りに増えました。おそらくは、本藩の息のかかった者どもが待ち受けていて米蔵の打ちこわしの段になって一斉に騒ぎに加わったものと思われますが、それにしても辻の手際の悪さが目立ちました。すぐに国境に向かって騒動を抑えればよいものを、人数を集めると称していたずらに時間をかけ、その結果騒ぎの拡大を招いて収拾に時間を要しました。とどのつまり、いざ現地に着いてみれば、事を煽った連中は逃げ散った後でした」

「そういうことでしたか。ただ、辻に手際の悪さを責めたところで、処断することはできますまい。経過はどうあれ一揆騒ぎにはならずに済んだのですから」

「いかにもその通りですが、その隙に今回の闇討ちがなされたことを考えると、謀ったのではないかと勘繰られます」

「なにか、証拠などありますか？」

「いいえ、襲った浪人どもは、素性が知れない他国者でございました。ただ、斬られた久保が息を引き取る前に、駆け付けた家士にさわとか、さはとか言い残したとか。おそらくは、事件の背後にある者の名前か、何かの手がかりではないかと……」

「さわ、なれば女子の名前でしょうが、さて、城の奥御殿にそのような者がおったか、すぐには思い当たりません。さは、となると、何ともわかりかねますが……」

「左様、この点は大目付の中根に調べさせておりますが、時間がかかるかもしれません」

　響四郎は、そう言って、ふと手元の茶碗に目を落とした。

「さて、こちらは唐物でございますか？　それで、一つ思い出しました。先日、佐藤屋清助の案内で華島に行ってまいりました。その際、いろいろ話したのでございますが、富山で薬種の商売を学んで、新潟で薬屋を開業したと申しておりましたが、なかなかの商売上手と見受けました。どうやら、あの者には、越後の長岡藩や富山の前田家の後ろ盾があるように思います。

そうでなくては、華島の西浦の鮑を俵物に仕立てて、江戸や上方で売り捌くような大商いはできますまい。聞けば、長崎で購った船来の品を江戸などに持ちこみ売っているとのこと。それが本当なら長崎の会所にとっては上得意ですが、しかし、某《それがし》が学問所仲間の旗本を介して長崎奉行所に内々に問い合わせましたるところ、佐藤屋はここ数年、長崎の会所には顔を出していないようです」

芳蓮院は、つと暮れなずむ中庭の景色に目をやると、おもむろに首を振った。

「その話は、また今度にいたしましょう。ところで、辻を裁くのは、本藩との間で何か企んだという動かぬ証拠が挙がってからにしていただけませんか。さもなければ、家中の争いとなり本藩からはお家騒動と見とがめられて、さらに介入される口実を与えることになります」

響四郎が「承知致しました」と応じると、芳蓮院は、微かに笑みを浮かべて言った。

「もちろんわたくしも辻三郎兵衛が、本藩の重臣たちに金をばらまいていることは存じております。いずれは、その資金の流れを断ち切って、一党を根絶やしにすることが肝心です」

新之助は、やはり庵主は何もかも見通していると驚き、そして恐れた。

藩主館に戻ると、響四郎は、何気なく新之助に伝えた。

「奥に上がって、室に会っていけ」

藩主の側近くに仕える近習の職責から響四郎に伝言があって奥御殿の手前まで行ったことはあったが、中に上がったことはなかった。奥御殿に入る男子は、藩主のほかは老齢の茶坊主か稀に藩医などに限られた。

奥御殿の入り口近くの客間で待つことしばし、響四郎が浜御前を伴って現れた。

一目見て、美しいと思う反面、確かに想像していた大名の奥方とは雰囲気が異なると感じた。第一、響四郎と比べても遜色ないほど上背があり、しかも髪がやや茶褐色で巻き毛のせいか髷を結っていない。目は細く切れ長で鼻筋も通っているが、整った顔立ちからは猛禽類のような鋭い印象を受けた。

「初めてお目にかかります。近習組にて殿にお仕えしておりましたが、このたび華島の代官に任ぜられました」

前に坐った浜御前は軽くうなずくと、一瞬響四郎の方を向いてから、おもむろに言葉を返した。

「それは大儀。ですが、この藩にとって華島は大事な預かり地ゆえ、しっかりと頼みますよ」

「身に余るお言葉、心して励みます」

新之助が改めて平伏すると、浜御前は、少し表情を和らげて、「ところで」と言葉を重ねた。

「芳蓮院様からは、華島のこと、いかが聞いていますか？　先ほども会って参ったのであろう」

新之助は何と答えてよいかわからず一瞬口ごもった。

「まずは、島の民になりきるように努めよ、との仰せにございました」

「さようですか。それは良いとして、なぜ新田藩にとって華島がかように大事な場所か、そのわけはおっしゃいませんでしたか？」

新之助は、「いえ、さようなことは」と慌てて首を振った。

「それは、あの島があそこにあることで、数多くの藩に富をもたらし、それゆえ、わが藩も潤っているからです」

「と、申しますと？」

「そのわけは、島の民になりきればいずれわかります。ただ、それを喜ばぬ心のやましい者やその事を利用して悪だくみを謀る者などがいて、まことに困ります」

「奥。ま、それぐらいでよかろう」

脇から響四郎が声を掛けて、浜御前はすらりと立ち上がった。

「そういえば、桃井助之丞という近習は、そなたの同輩ですか？」

「同じ近習組として殿に従って浜名藩から参りました」

「あの者に、そなたが華島で見聞きしたことはあまり話さない方がよいようです。何かと差し障りがありますゆえ」

新之助は再び平伏して、響四郎と浜御前を見送った。

二人に遅れて廊下に出ると、外で待っていたのか、派手な打掛を羽織った妙齢の女性が浜御前に付き従って廊下を去っていくのが見えた。新之助が襖を閉めた微かな音に、ふと振り返った顔が、鮮やかに際立つ美貌であったので新之助は思わず息を呑んだ。そのたおやかな仕草までが優美で、あれが噂のお蘭の方か、と気づいた。かくも匂い立つような美しさならば、男女にかかわらず側に置いて愛でたくなるだろうと妙に納得した。

それはともかく、芳蓮院と浜御前、それに響四郎と立場はそれぞれ異なるが、思いは少なからず一致していることがわかり新之助は少しばかり安堵した。しかし、それが幕府や西の丸老中の水野越前守、さらには羽州本藩の藩公や中老の飯沼勘解由らがどう思っているかはまた別の問題だった。

その翌日、久保用人と高梨左近の葬儀がそれぞれの菩提寺でしめやかに執り行われた。新之助は、高梨左近の葬儀に参列して、その後道場仲間の川合育三郎と桜井正吾と連れ立って末広町の小料理屋、柳橋に赴いて献杯をした。

「何とか敵を討ちたいものだな。斬りあった相手の浪人どもは生きてはおらんが、その黒幕は、まだいづこかにいるはずだ」

川合は、少し酔いが回った赤い顔をして、無念そうに声を上げた。一方で、桜井は黙って焼き魚の身をつまんでいる。その桜井が、ぼそっとつぶやいた。

「四人目がいるかもしれんな」

川合が聞きとがめて問い返した。

「なんだ、四人目だと？」

「だから、久保用人と高梨を待ち伏せして襲ったのは、三人ではなく、もう一人いた、ということだ。その男は、浪人者の背後から、闇討ちの一部始終を黙って眺めていた。そして、高梨が二人の浪人と刺し違えて息を引き取り、さらにもう一人の浪人が、久保用人に止めを刺したのを見て、生き残った浪人の後を付けた。その時には、現場付近の武家屋敷の家人が喧騒に気づいて騒ぎ出したので、そこを急いで立ち去る必要があった。そして、堀端近くまでたどり着いた浪人の息の根を止めた。もちろん、口封じのためだ」

「ところが、久保用人は、まだ息があって、その男が手傷を負った浪人を追うようにして立ち去るのを目撃した。しかも、知っている顔だった」

「それで、さわとか、さはとかつぶやいたのを、駆け付けた家士が耳にしたというわけか」

そこまで話を進めて、三人は再び押し黙った。しばらくして、桜井がまた沈黙を破った。

「さわ、と言えば、確か普請組の小頭に沢地庄左エ門とかいう御仁がいたな」

新之助は、すぐに首を振った。

「大目付の中根殿が、すでに取り調べ済みだ。当時は、国境の川堤の普請工事にかかりきりで、この城下にはおらなんだらしい」

「とすると、ほかには、さわ、は思いつかんな」

桜井は、残念そうに、唇を噛んだ。その時、川合が大きな声を上げた。

「さは、とも言ったな。ならば佐八郎かもしれん。佐八郎なら広瀬藤右衛門の店の手代だ。いや、そろそろ番頭格かな。一度、郡奉行の辻三郎兵衛殿のお宅に伺った際に、たまたま何かの使いで来たらしく挨拶を交わしたことがある。米屋にしては、やけに目つきが鋭い男だと妙に記憶に残っている」

新之助は桜井正吾と目を合わせた。

「それだ」

「こうしてはおれん。すぐに大目付殿に知らせなければ」

川合は盃を置くと、急いで両刀を手挟み、店を走り出ていった。

翌日は、朝からみぞれでも降り出しそうな肌寒い曇天だった。新之助は、当分の間不在にする近習組の長屋にある家財道具を整理して、身の回りの品だけまとめると、仕上げの大掃除にかかっていた。

「中条はいるか?」

背後で大音声が聞こえたので、思わず振り向くと、土間に川合育三郎が立っていた。見ると、たすき掛けをして袴の股立《ももだ》ちを取っている。

「佐八郎が、捕り手の侍を斬って、広瀬藤右衛門を人質に取って、店の母屋に立てこもっている。大目付の中根殿が手を焼いて、道場の使い手に助力を頼まれた。小野寺師範と桜井は、すでに現場に行っている。中条も来い」

新之助は、何が起こったのか、よくわからないまま、大掃除のたすき掛け姿のまま足元だけ草鞋で固めると、おっとり刀で川合の後に付いて走り出した。

「中根殿は、久保用人を襲った頭は佐八郎に違いないと踏んで、今朝、やつが店を出たところを捕り手で囲んだ。ところが、佐八郎は隠し持った仕込み刀で、捕り手に斬りかかると、そのまま店に逃げ込んで、主の藤右衛門を脅して、母屋で様子を窺っている」

走りながら、川合が説明するのを聞いて、新之助も言葉を返した。

「母屋に立てこもっても、捕り手に囲まれたなら、いずれ踏み込まれて捕らえられるだろう」

「違うな。佐八郎は、虫鳴きの衆だ。おそらく仲間が手引きして、逃げ出す機会を探っている。そのための時間稼ぎだ」

「だとすると、生け捕りは難しいか」

「そうさ。斬るか、斬られるかだ」

新之助は、これは容易ならない事態だと突然悟った。その時には、紺色の暖簾が垂れ下がった広瀬藤右衛門の米問屋と、その周囲を取り囲む捕り手の群れが見えていた。

「ご苦労。時を稼がれては、本藩の乱波《らっぱ》どもによって城下にいかなる騒ぎが起きるかわからん。すでに配下の同心らが三人ほど斬られている。手早く始末してもらいたい」

大目付の中根に命ぜられて、新之助は思わず胴震いがした。すでに、師範役の小野寺源之進と高弟の桜井正吾が母屋の表と裏を見張っていた。

「おれは、表から行く、中条は、裏に回って桜井に加勢してくれ」

川合の声に、新之助は、足早に中庭を抜けて、母屋の裏に回った。

そこには、桜井正吾が、佐八郎が飛び出してきた時に備えて、抜刀して無構えの姿勢をとったまま、屋内を眼光鋭く見据えていた。

その時、どこからともなく虫の鳴くような音が、りりりと聞こえてきた。

「来るぞ」

桜井の声に促されて、新之助も刀を抜いて無構えの形をつくり、息を潜めた。

ダンと畳を蹴る音がして、刀を持った男が飛び出してきた。

桜井が一歩踏み出て、目にも止まらぬ突きを入れたが、キンと乾いた金属音がして、男は弾き返すと同時に斜めに跳んだ。そこに続けて桜井が袈裟懸けに刀を振るったが、男は、その下を巧みにかいくぐって土間の外に出た。その瞬間、新之助は、男と目が合った。男は、真向から剣先を胸元に鋭く伸ばしてきた。新之助は、とっさに刀を合わせて、男の刀と自分の刀が触れ合った瞬間に、両方の刀をねじ伏せるように即位付けで固めた。

男は、瞬時に身動きができないと悟ると、刀を手放して、懐から鎖を取り出した。

その直後、背後から桜井が、拝み打ちに刀を振り下ろしたが、それを手に持った鎖で払うと、男は軽く身体を捻って、地に落ちた自分の刀を拾いざま、新之助の下腹めがけて素早く斬り上げた。ほとんど同時に、新之助の剣が男の肩に落ちて、存分に斬り下げた。

男は、のけぞって倒れた。

新之助は、肩で息をしながら、膝を折って、地面に手をついた。

その時、太ももに鋭い痛みを感じたが、傷は骨や血脈には至っていないようだった。

刀を下げた桜井が「討ち取ったぞ」と大きな声を上げた。喚声が上がり、わらわらと捕り手の侍や足軽たちが駆け寄り、少し遅れて大目付の中根が走ってくるのが見えた。

「中条、見事だ」

新之助は、頭上に響く中根の声を上の空で聞いていた。心ノ臓が喉から飛び出しそうなほどぜいぜいと激しい息を繰り返していた。

その日の夕刻、新之助は藩主館に出向いて、響四郎に華島への出立の挨拶をした。翌朝の船で島に渡る予定だった。

「傷の方は大丈夫か？」

「はい。ももを少し斬られましたが、幸いにかすり傷で済みました」

「真剣勝負は初めてか？」

「いかにも。無我夢中でした」

「相手は、かなりの手練れだったようだな」

「表から二人が追い込み、裏に出てくるところを二人掛かりで仕留めました。危ないところでした」

「その後、中根が佐八郎を調べたところ、襟に縫い込んであった密書が出てきた。それを持って本藩に戻るところを、捕り手に囲まれて、店に逃げ帰って急いで始末しようとしたが、間に合わなかったようだ」

「どんな内容でしょうか？　お差支えなければ……」

「家老の樋口主膳を闇討ちして亡き者にしようとする計画よ」

「そのような文書を誰が、誰宛に？」

「書いてはないが、おそらく辻三郎兵衛が、本藩の飯沼勘解由に宛てた手紙だろう。中根が辻の筆跡に間違いはないと言っていた」

「すると、辻殿をお取り調べに？」

「まず、広瀬藤右衛門を洗った上で、辻を査問にかける。ま、二人ともしゃべらんだろうがな。もっとも、広瀬は、佐八郎が本藩の密偵であることは薄々知っていただろうが、その仕事の中身までは知らなかっただろう。一方で、辻は、広瀬から金を絞り取って、せっせと本藩の飯沼をはじめ主だった重役衆に金品を贈って、指図を仰いでいたようだが、これでその所業は明らかになった。ひとまず閉門蟄居だが、久保の暗殺にも関わっていたことが表沙汰になれば、切腹は免れまい」

響四郎は「ところで」と語調を改めると、手元に置いた文箱から一通の書き物を取り出した。

「これは、三年前に浜松藩の塩田恭之介が持参した『蝦夷秘説』の抄録を、わしが読んで、その要点を抜き書きしたものだ。華島に渡れば、すぐ冬だ。雪に閉ざされては身動きもままならぬだろうから、これを読むがよい。抄録は、他人に読まれることを慮って、少しぼかした書きぶりになっているが、あの日塩田から口頭で教えてもらった話と、この地に来ていろいろと見聞きしたことを重ね合わせれば、一応の調べはついたも同然だ。だが、何らかの方法で現物を見ないことには何とも言えんな。それが例の浮き物だが、一人でのこのこ見に行っては、河村善太夫のように本藩の間諜どもに消されてしまう。そこをどうするか、冬のうちに考えてもらいたい」

「承知致しました」

新之助は、藩主が手ずから書き取った書面を受け取った。直筆の書付を用意してまでして新之助に真相を突き止めるよう念を押すところに響四郎の強い意思が窺えた。

「真相を明らかにすることが第一義なのはわかっていますが、果たしてその真相が、こなたが思うようなものでしたら、殿はいかがなされますか?」

響四郎は、一瞬腕組みをして考える様子を見せたが、すぐに手を膝の上に戻した。

「その時は、わしに考えがある。それが功を奏するかどうかわからないが、その手しかないと思っている」

「わかりました。殿にそのようなお考えがあれば、何とかやってみます」

新之助は、そう言って藩主館を辞去した。廊下を表門に面する詰所に向かって歩き出すとき、先日奥御殿への入り口で浜御前とお蘭の方に会ったことをふと思い出した。

響四郎は新田藩に来てほぼ三年経って、芳蓮院あるいは浜御前との関係を、形はどうあれ、互いの信頼を最低限築けたことを腹心である新之助にだけそっと見せたかったのかもしれない。新之助は、それはそれとして芳蓮院とは本藩を敵とすることは共有できても同床異夢であることは避けられず、他方でお蘭の方を脇に侍らせる浜御前とはどのようにして日々接しているのか、容易には見当もつかなかった。

——島に赤石はありや？　石なくも、薬の効き目あり。

新之助は、絡み合った糸を解きほぐすかのようにかつて教わった符丁を脳裏に思い浮かべて、小湊への道を急いだ。曇り空の切れ間にようやく夕日が現れて、まもなく冬に切り替わろうとする晩秋の景色を僅かの間ほの赤く染めていた。

日進堂

千代は、色づいた銀杏の葉が散り落ちて、店先が黄色く彩られているのを眺めて、ほっと息をついた。先ほどまで客筋でもある玄斎という医者が来てお夏の容態を見ていたが、幸いに快方に向かっているようだと薬を処方して帰っていった。それで千代は、寝ているお夏の側を離れて、送りがてら帳場に出てきたところである。

大火の後も至極元気なお夏だったが、この夏が異常に寒かったたせいか、たちの悪い風邪を引きこみ、それをこじらして秋口まで寝込んでいた。今でも、時折咳き込んで微熱を出したりするが、ようやく病状も落ち着いてきて、千代も少しばかり気が休まる時を過ごせるようになった。

もっとも、お夏が熱を出したお陰で、子供に使う漢方の薬種には、少しばかり詳しくなった。例えば、風邪の引きはじめによく使う薬で麻黄《まおう》湯というのがある。麻黄のほかに桂皮《けいひ》、杏仁《きょうにん》、甘草《かんぞう》という生薬を含んでいる。『傷寒論』という中国の古い書物にもある薬だと玄斎が教えてくれたが、麻黄は中国の北の方で採れ、桂皮は中国の南の方や越南（ベトナム）で採れるという。

そんな遠いところからどうやって江戸まで運ばれてくるのか、千代には思いもつかないが、現にこうしてお夏の風邪を治すのに役立っている。千代は、本当にありがたいと思う反面、だから薬は高価なのだと知った。もっとも玄斎に言わせると、それでもこのところ舶来の薬種はずいぶん求めやすくなったという。それが、どうしてそうなったのか、などということは、千代にはもちろんわからなかった。

大火の後に、勝野庄一郎の求めに応じて、薬種問屋に雇われて店主となってから半年近くになる。店の名を日進堂といい、かつての文泉堂に比べると少しばかり大仰な名前だが、もう慣れた。以前紙問屋を営んでいた根津の問屋街にちょうどいい具合に店の出物があって、そこが新しく日進堂になった。千代は、兄が戻った矢島屋からお夏を連れて今の店の母屋に移り住み、おくみという住み込みの若い女中と三人で暮らしている。

「おかみさん、それじゃあたしは神田から八丁堀までぐるっと回ってきます」

手代の達吉が千代に声を掛けると、薬種の見本を持って出かけていった。もう一人の手代の助六は、朝早くから本郷の医者に頼まれた薬を届けにいっている。

番頭は、勝野庄一郎こと徳五郎だが、最近はしばらく店に姿を見せない。

そもそも、千代には、この店がどのように成り立っているのか、よくわからない。

勝野が幕府の御用を務める役人であることは間違いない。ただ、町奉行所に勤める与力や同心とは異なり、武家相手の探索をする役目に就いているようだが、もちろん勝野が自分の素性を明かすことはない。たまに、平蔵という三十絡みの男が様子を見に来るが、これも氏素性は明かさない。最初は、目明しかと思ったが、十手を預かっている様子はなく、やはり武家の出ではないかと千代は勘繰っている。

「おかみさん、お夏ちゃん、起きましたよ」

奥からおくみの声が聞こえた。根津から小網町に移った後も、文泉堂を手伝ってくれた働き者の女中で、もうすぐ十八になる。やはり家を焼け出されたので、田舎に引っ込んだ両親と別れて、今は千代と一緒に母屋に寝泊まりしていた。

「じゃ、ちょっと店番をお願いします」

千代は、そう声を掛けて、お夏の声のする方に向かった。

見ると、幼い娘は上半身を起こして、久しぶりに笑顔が戻っている。うまく薬が効いて、熱が下がったようだ。

「お夏、何か食べるかい？」

「ううん、お腹すかない」

お夏は、首を振ると、また布団に横になった。千代は、その額にそっと手を差し伸べる。幸い熱は下がっていた。千代は、少しうれしくなって、お夏を両手で抱きしめると「わたしの宝物……」と口ずさみながら、自分の額を娘の額にさするようにそっと付けた。

その日の夕方、珍しく勝野庄一郎が店に現れた。今日は薬の行商人の格好をしている。

「お千代さん、どうだね？　店には慣れたかね？」

話し方も、板についた町人言葉だ。

「今度は、どちらに？」

勝野は、にやっと笑って、

「役目柄、行き先は言えないが、この夏はずっと涼しい方に足を延ばしてきた。これからは暖かい方に行く。また、しばらくは顔を見せないが、何か変わったことはないかな？」

「いえ、特にございません。それにしても、お役目とはいえ大変ですね。奥方やお子様も寂しがりましょう」

「いや、家の者は慣れておる。ま、今が一番肝心な時だ」

勝野は、武家言葉で答えると、そのまま店先から宵闇に消えていった。慌てて千代が通りに出て見送ろうとしたが、もう店の周囲を見回しても勝野の姿を見つけることはできなかった。

その数日後、千代は、久しぶりに矢島屋に兄の彦次郎を訪ねた。

千代が前回矢島屋を訪れた時には、彦次郎は火傷の具合がだいぶ良くなり、徐々に身体を動かして店先にも姿を見せるようになっていた。それからふた月ばかり経ち、今日は元気になったお夏を連れてまた様子を見に行こうと思い立った。

「兄さん、だいぶ良くなったみたいですね」

千代が声を掛けると、火傷の痕でこわばった口元をほころばして、彦次郎は微かに笑ったようだ。自分で茶碗を手に持って茶を飲んでいる様子からも回復がだいぶ進んだことがうかがわれる。

「おかげさんで、三日ほど前から巻いていた晒が全部取れて、だいぶ楽になったよ。お前のところの薬も使わせてもらった」

彦次郎の声に以前にはなかった張りを感じて、千代は少し安心した。

「それはそうと、そっちは、少しは商売に慣れたかい？」

「いえ、まだわからないことばかり。しかも番頭さんは長旅に出るし、二人いる手代も出歩いてばっかりで、ゆっくりと教えてくれる暇もないわ」

「店じゃ客の応対はお前がやるのか？」

「いえね、お客といっても、医者のお弟子さんとかが来て、いつも決まった薬を買っていくだけ。だから店番は私でもできるの」

彦次郎は、興味深そうに聞いている。

「そういえば、捕まった若狭屋徳兵衛は、江戸所払いとなった。店も重い罰金を言い渡されたが、まあ、あれだけの大店だから、潰れることはないだろう」

千代は、その話を聞いて、少し兄に相談しようと思ったことがあった。

「実は、その若狭屋の捕り物の時に、お侍が三人いたの。一人が、うちの番頭さんで勝野庄一郎といって、以前お父さんの実家の薬問屋で働いていた人。後の二人は知らない人だけれど、その事があって、私は勝野様に今の店で働かないかと誘われたの。これって、何だと思う？」

彦次郎は、しばらく首を捻って考えていたが、やがて何か思いついたように口を開いた。

「よくわからないが、紙の買い占めの罪を咎めたとなると、役目柄取り締まるのは勘定方だな。引っ立てていった二人が町奉行所のお侍だとすると、あとの一人は、勘定方のお目付とかだろうかね。すると、勝野というお侍はなにか別の思惑があって、わざと捕り物の機会を案配してお前を取り込んだのかもしれないね」

「取り込むなんて薄気味悪いわ。今の薬屋でもただ店番しているだけで、何を頼まれているわけでもないのよ。それに、私はそんなお上のお役人に目を付けられるようなことは何もしていませんから」

「さてね。薬のことは私もわからないが、噂に聞く御庭番みたいなお侍が絡んでいるところを見ると、何か調べているのかもしれないな。ま、そういうことは、人には内緒にしておくもんだよ」

千代は、彦次郎に念を押されるまでもなく、この話をしたのは兄が最初で最後にしようと思っていた。しかし、兄に明かしていない思い当たることが、ただ一つだけあった。それは、三年ほど前に根津で出会った若い武家との逢瀬だった。不義密通の罪というならとっくにお咎めを受けてもいいはずだが、そうでないのは、あのお侍に何か込み入った事情があるのかもしれない。しかし、それで自分が仕組まれた捕り物の末に店番となって監視されているとしても、その背後にどんないきさつや思惑があるのか、千代にはまったく見当もつかなかった。

雪景色

朝起きると一面の雪景色になっていた。庭の欅《けやき》の先に見える代官所の門構えは白く雪で覆われ、その周囲の田畑も道と見分けがつかないほど真っ白な雪が堆《うずたか》く積もっている。庭に出て振り返ると、代官屋敷の屋根にも雪が厚く層をなしていた。

「雪降ろしをせにゃなりませんな」

斜め後ろに控えて同じように屋根を見上げていた甚六がつぶやいた。

新之助が、華島の代官所に赴任してひと月余りになる。最初の数日間は、身の回りのことと、東浦と西浦の名主たちが、それぞれ簡素な就任の祝い事をしてくれたお陰で気が紛れたが、それからは暇を持て余す一人の時間が続いている。

かつては、代官所勤めの小役人が何人かいて、島のもめ事などをさまざま扱っていたらしいが、近頃は、村の名主ら村役人が、些細な諍いや事故は手際よく裁いてくれるので、代官の出番はめっきり減ってしまった。それで、年貢の処理をする以外に、代官所のすることはなく、新之助は昼時を待って甚六の老妻である志げが作ってくれた弁当を使って茶を飲む以外は、特にすることがなかった。

新之助は、それまで近習組として響四郎に長らく仕えてきたせいか、自分で一からものを考えて仕事に臨むという習慣がなかった。いや、その必要がなかったというのが正しいかもしれない。近習組というのは、やることが日々決まっていて、それを滞りなく済ませるのが仕事であった。もちろん主人の都合を弁え、その意向を慮って細かい段取りを工夫したりはしたが、自分で何かを決めて人に指図するという立場ではなかった。だから、代官という役目は新之助をひどく困惑させた。

まさか、私は何をしたらよいのか？　と田島儀兵衛や甚六に聞くわけにもいくまい。

新之助は、毎朝代官所で田島の報告を受ける。それから東浦の村の様子などを見て回るが、何かあれば村役人の方から知らせに来るので、自分から彼らの屋敷に出向いて近況などを尋ねることはしない。まして島の反対側の西浦とは山を隔てているせいか、十日に一度ほど報告が届くだけで行き来は全くなかった。

小さい島なりにさまざまなことが起こっているはずだが、それを知るすべがない。

新之助は自分なりに考えて、俗に晴耕雨読という通り、空いている時間は、晴れていれば馬庭念流の稽古をし、雨が降れば役所に備わる島の古い記録を読む。この日課をしばらく続けたが、それでも次第に時間を持て余した。

ある日、見るに見かねたのか、田島儀兵衛が朝の報告に加えて新之助に一言言い添えた。

「雪が降って田畑の仕事は終わりましたが、まもなく海が荒れて漁もできなくなります。それからは、島は久しく冬ごもりに入ります。ところで、代官様は、華島に暮らす島民の顔と名前は覚えましたか？」

田島儀兵衛の言葉に、新之助ははっとした。確かに、島民が東と西の海岸あわせても三百人余りであれば、その一人一人の顔と名前を覚えるのはそれほど難しいことではない、おそらく島の住人は、誰がどんな暮らしをしていて、どんな人となりかを互いに熟知していることだろう。それをどこまで詮索するかはともかく、なりたての若い代官としては、少なくとも顔と名前を一致させることぐらいはしなければいけないと感じた。

「ならば、まず島で一番の年寄りに挨拶して顔を覚えよう。島で古老と言われる御仁は誰かな？」

「それなら東浦で肝煎を務めておった助左衛門が御年八十になりますが、まだ矍鑠《かくしゃく》としております。早速ご案内いたしましょう」

そうして出向いていった先は、東浦の名主の茂左衛門の大叔父で、華島が新田藩の預かり地となるずっと前から、島の事情に通じていた大長老だった。

「昔は貧しかったが、何といっても徳川様の天領だから気楽なもんじゃった」

白いあごひげを長く蓄えた助左衛門は、見た目は年相応に老けて見えたが、話す言葉は思いのほか明瞭で記憶も確かだった。

「ところが、羽州本藩のお代官が来て、年貢の取り立てが厳しくなった頃からもめ事も多くなった。東浦の中でもそうじゃったし、西浦の連中とのいざこざも時折起こった。それがこのところ収まったのは、やはり新田藩の預かり地となって芳蓮院様が熱心にご仁政に取り組みなされたことによるのう」

新之助は、ゆっくりとうなずきながら「そのご仁政とは？」と尋ねた。

「検見を緩やかにして年貢をそれまでの八掛けにした。どころか、不作や不漁の年には、島の年寄りや子育てに苦労している後家などには、餅代と称して米や金を配った。そのほかにも島の若い衆を雇って真水が出る井戸を掘ったり、東浦と西浦の間を結ぶ道を整えたりしたが、ちゃんと手当を払った。村同士のいろいろな取り決めもつくった。例えば、漁場の境目とか漁期の定めとかじゃな」

新之助は、暇を持て余すかもしれないと憂いていた自分が恥ずかしくなった。

「芳蓮院様が、そのような取り組みをなされるにあたって、何かお気づきになったことはありませんか？」

「気づいたこととは？」

「例えば、浮き物をしばしば目にするようになったとか」

「ああ、そのことか。わしは浮き物とか、そういう怪談めいた話はあまり信じない性質《たち》でのう。まあ、誰が言い出したか知らんが、目の錯覚か、そうでなければ見たこともないような大きな船が島の周りをうろついているか。あるいは、そんな怪異な風説を流して海際に近づかないようにしているか。ま、そんなところじゃないかのう」

「見たこともないような船とは？」

新之助は、何か手がかりがつかめるような気がして、あえて深く突っ込んで聞いた。

「島の周りは、西から東に海流が走っておる。それがちょうどいい塩梅におさまる時期と場所があると聞いたことがある。風が程よく凪いで、船には港泊まりしているように具合がいいそうじゃ。ただ、時として、一旦鎮まった海が、突如として狂い出すことがあるそうな。その兆しは熟練の船乗りでも見誤ることがあるらしい。ことほど左様に、海は難儀で怖いところじゃで、たまさか上手くいったから、次も上手くいくとは限らん。だから、まあ危ないことはしない方がいいというわけじゃな」

新之助は、助左衛門が何を言っているのか今一つ判然としなかったが、ただ響四郎が抜き書きしてくれた浜松藩士、塩田恭之介の『蝦夷秘説』にも、同じような記述があったのを思い出した。

新之助が、助左衛門の屋敷を辞して、代官所に向かったのは、七つ（午後四時）を過ぎてまもない頃だ。もともとの曇り空に夕暮れが重なり、辺りは急に暗くなっていた。

「代官様は、先頃ご城下で曲者を討ち取られたとか。そのご武功はこの島にも伝わっておりますが、それを良しとしない者もいるようです。お気をつけなされよ」

道を並んで歩いている田島儀兵衛が、ささやくような声で注意を促した。

新之助は、ぎくりと寒気がした。日が落ちて寒さがつのったせいばかりではない。先代の代官だった河村善太夫と普請組の城山俊平が難に遭ったのは、あるいは羽州本藩が放った虫鳴きの衆の仕業ではないか、と噂されている。もし、そうならば、自分も虫鳴きの衆に仇として狙われる立場にあった。

「わずか三百人の島民であれば、そこに怪しい者が混ざっておれば、見分けるのは容易であろうな？」

「いえ、そうとも限りませぬ。もちろん、新しく本土から旅してきて島に住み着いた者であれば、誰もが警戒します。しかし、長年この島に住んでいるものが、親の代から本藩の扶持をもらって陰で忍びの仕事をしていたとあれば、それをあばく手立てはございません。そのような者が、この島の中にいないとも限りませぬ」

新之助は、底冷えするような気うつな思いで「なるほど」と重々しくうなずいた。

その時、一町ほど先の道に面した長屋の一角がぼうっと赤く光ったのが見えた。

「どうしたのだ？」

新之助と田島が遠くを見やっているわずかな間に、その赤い光は、突然火の粉をまき散らして大きな炎となった。

「火事だ！」

一声叫ぶと、新之助は急いで火元の家を目掛けて走った。すぐ後ろを田島が追いかけてくる足音が聞こえた。

けたたましく半鐘が鳴って、あちこちの家から人々が慌てて表に飛び出してくる。少し離れたところから、味噌か醤油の壺を抱えた女が走り出てきた。燃える家を指さして、何か叫んでいる。その頃には、あっという間に家は燃え盛る赤い炎に包まれていた。

「中に子供と婆さんがいるぞ」

誰かが叫ぶと、それを聞いた若い衆が一人、何の躊躇も見せずに火の中に飛び込んでいった。新之助は、無我夢中となって、その若い衆の背中を追うように、頭上高くそびえる炎の中に身を乗り入れた。燃え上がる真っ赤な炎に吸い寄せられるような心持ちだった。後ろで田島が何か叫ぶ声が聞こえた。

炎の中を若い男が「どこだ?」と声を掛けて、土間から居間に駆け上がっていった。その奥で子供の泣き声が聞こえた。

「よし」

男は、その声のする方へ走り寄ると、何かを見つけたようだ。すぐに新之助も駆け寄った。腰を抜かしたのか、老婆が幼い子供を抱えて、床に突っ伏しているのが、煙の中に見えた。

「助けに来たぞ」

若い男は、老婆を助け起こすと、まず子供を抱いた。そこに新之助が追いついて、老婆を背負った。そのまま二人そろって一目散に燃え盛る火をかいくぐって外に向かって走った。

家が崩れ落ちたのと二人の男が炎の外に出たのは、ほぼ同時だった。

泣きわめいていた女が手にする壺を放って、若い男が抱える子供に走り寄るのが見えた。新之助も安堵するとともに急に耐え難い暑さと疲れを感じて、背負った老婆を道端にゆっくりと降ろした。

その瞬間、突然鋭い殺気を感じた。かろうじて身体をひねったが避けきれない。胸元で銀色の刃が一瞬光ったが、それを別の角度から瞬時に押しやる白い手が見えた気がした。瞬く間の交錯した動きがあって殺気は消え、新之助は群衆に取り囲まれていた。

「ご無事でしたか？」

新之助が肩で息をついていると、すぐ後ろから田島が不安そうな声を掛けてきた。

改めて見ると、袴の裾が黒く焼け焦げていて、羽織の袖も大きくちぎれてぼろ布のようになっている。

「なんとか間に合った」

新之助はそう言うと、喉に焼け付くような痛みを感じて激しくむせた。

危ないところだった。

何かに突き動かされるように火の中に飛び込んだが、一歩間違えれば無謀な行いだった。起こった事の一部始終を振り返る余裕もないまま、新之助は後の始末を田島に任せて足を引きずるようにして代官屋敷に戻った。

ちょうど台所にいた志げは、闇の中に突然現れた煤で黒光りする新之助の顔を見て「ひえっ」と腰を抜かさんばかりに驚いた。

次の日、焼け出された夫婦が足弱の老母と幼な子を助け出してくれたお礼に代官所を訪れた。二人は土下座せんばかりにして礼を言ったが、その体中から重い疲労感がにじみ出ている。夫が漁に出ている間に、夕餉の支度をしていた女房が味噌と醤油がないのに気付いて、近くの親戚の家に分けてもらいに出た。その合間に、子供が誤って行灯《あんどん》を倒して火が出たとのことだった。

新之助は、付け火でないことを確かめてから、いくばくかの見舞金を包んで渡した。子供の火の不始末にせよ、家を失くした一家がこの島で寒い冬を過ごすのは大変なことだと容易に想像がついた。

この新之助の老婆を助け出した行為は、その場に居合わせた東浦の村人たちに新鮮な驚きをもたらした。そしてその驚きは、今度来た若い代官は身体を張って島の人のために尽くすようだ、という半ば称賛の混じった評価に次第に変わっていった。この出来事の後、新之助は道を歩いていると「代官様」と少しばかり畏敬の念を以て挨拶されるようになった。

そのような中で、新之助は、「浦半」という島に一つしかない飯屋に初めて顔を出した。不思議な店だ。新之助の第一印象である。

店は、樽を並べて卓にして、その脇に縦長の桶を置いて腰掛にした雑然としたつくりだった。十人も入れば満杯である。厨房にはごま塩頭の親爺がいて、客との間を姉御肌の若年増が行き来している。昼は飯を出し、夜は一杯飲み屋に変わって酒も出すと聞いた。奥に小上がりのような板敷の部屋があるが、それとて敷いてある古びた茣蓙《ござ》は擦り切れていて、とても座敷とはいえない代物だった。新之助は、一旦はその板敷に案内されたが、断りを入れて店の片隅にある桶に腰を掛けた。今日は羽織を脱いで野袴で来たので、村人と一緒の席にいても代官然として店の雰囲気を壊すことにはならないはずだった。

「いらっしゃいませ。あら、初めてお見えで……」

若女将が挨拶に来た。年増と見たが、まだ二十歳を二つ三つ過ぎたぐらいかもしれない。目元がさわやかで顔立ちはきれいに整っているが、背が高く物腰が柔らかいせいか、歳よりもいくぶん落ち着いて見えた。

「中条と申す。小野寺源之進先生に剣を習っていました」

「お紋です。小野寺先生、先頃島にお見えになったそうですが、店にはお寄りになりませんでした」

「藩公もご一緒で急ぎのご視察だったので……」

お紋は、その時、別の客に呼ばれたので「はあい」と返事しながら、

「見た通りの店ですが、ゆっくりなさってくださいな。すぐにお酒と肴を用意しますから」

と頭を下げてしとやかに微笑むと、呼ばれた客の卓に注文を聞きに回った。

入った時は、ほかに一組しかいなかったが、少しずつ店内の客も増えている。

代官所の出がけに、今日は浦半で飯を食べると甚六に伝えたら、いろいろと耳打ちされた。

「あそこの女将は、先日お会いになった助左衛門のひ孫ですよ。新田藩士に嫁いで城下に渡りましたが、旦那に死なれて二年ほどで出戻りです。年配の板前がいますが、元漁師で、海から上がった後は名主の屋敷で働いていましたが、賄いの腕を見込まれてあの店を手伝っていま

す」

「藩道場の小野寺師範と懇意だとか？」

「それほど親しいわけでもないでしょうが、女だてらに小太刀など習っていたと聞いたことがあります。元の旦那も相当な腕前だったそうですが、労咳にかかっちまってあっけなく……」

新之助は、いつも寡黙な甚六がかなりの事情通だと知り、やや意外に思いながら代官所を出た。

少し手持無沙汰にしていると、若い男から丁重に声を掛けられた。

「又平と申します。その節はどうも」

きりっとした顔立ちの堅気の職人風の男である。どこかで見覚えがあると思ったら、先日この男の背中を見て一緒に火の中に飛び込んだのを思い出した。

「船大工をしております。漁師の乗る小船を造ったり直したりしています。いえ、まだほんの駆け出しで」

どこかきびきびとしていると思ったら、そういうことか。

新之助は、又平が船大工の職人と聞いて、妙に納得した気がした。

「折角だから、一杯おごらせてもらおうか」

新之助が声を掛けて、又平を向かいに座らせた。そこに、若い娘が徳利と小魚の煮つけを持ってきた。新之助は、猪口を又平に持たせて、酒を注いだ。又平も、恐縮しながら新之助の盃に酒を満たした。

互いにぐいと一息にあおってから、新之助は言葉を継いだ。

「又平は、思い切りがいいな。あの炎を見て、すぐに飛び込んだ。お主《ぬし》が駆け入らなければ、わしはとても火の中に入ったりしなかったろう」

「いえ、とっさのことで、身体が勝手に動いただけです。恐れながら、お代官様こそ後から続けて入られたのはさすがです」

そこにまた若い娘が鰯の刺身を持ってきた。年の頃は十七ぐらいだろうか。見ていると、てきぱきと気持ちよく働く。大きな黒い瞳とのびやかな手足が目に付いた。お紋ほど上背はないが、肌が白いせいか全体にとてもしなやかな感じがする。その娘の背中を又平は少し目で追ってから、話を続けた。

「あの娘が入って、この店は一段と繁盛しています」

「ここは古くからあるのかな？」

「店は、私が子供の頃からありますが、代替わりして、あの若女将が継いでからもう四、五年になりましょうか。深雪というあの娘が来てから三年ほどになります」

「深雪は、島の者ではないのか？」

「いえ、父親が行商人でして、その昔も夏場に漢方薬などを売りに島に渡ってきたことがあったようですが、ある年娘を連れてきたものの、ちょうどこの店で食事をしている最中に病で倒れました。父親はその年を越さずに亡くなりましたが、結局深雪はそのまま島に残ってこの店を手伝っています」

周りが酔っぱらった声で賑わい、だんだんと騒々しくなってきた。新之助は、軽く茶漬けを食べると、お紋に見送られて早めに店を出た。

店の外に出ると、珍しく夜空が晴れて星が一面に瞬いている。新之助は、ようやく島の住人と親しくなる最初の一歩を踏み出せたような気がした。華島に来て、少しでも充実した気持ちになったのは今日が初めてだった。

唐三盆

また桜の咲く季節が巡ってきた。千代は、近所の絵草子好きのご隠居をしばらくぶりで訪ね、庭に咲く桜の枝を手折らせてもらって店に持って帰った。家に春が来たみたいだと三つになるお夏は桜の花を見てはしゃいで、元気に店の中を走り回っている。千代とおくみは、店番をしながらお夏と桜の花を交互に見て、ようやく日進堂での暮らしが落ち着いてきたと実感していた。

去年の春の大火から一年近く経って、少しずつ江戸の町の復興も形になってきている。物の値段は相変わらずじわじわと上がっているが、唐来品の薬種はむしろ若干下がり気味である。千代が目を付けたのは、唐三盆という上白糖だった。さまざまな薬種の種類と産地、効用までは門外漢の千代にはなかなか覚えきれないが、砂糖は甘いもの好きの千代にとってはわかりやすい品物である。

かつては国産と言えば黒い砂糖しかなくて、上質な白い砂糖は唐三盆と称して専ら船来品だった。それが十年ほど前から紀伊や讃岐を産地とする雪白の上白糖が売りに出されると次第に国産品が船来品をしのぐようになった。当時このような砂糖は薬種問屋で扱われ、日進堂も白い上等な砂糖を仕入れて湯島や根津の老舗の和菓子屋に卸していた。一斤百八十文（六百グラムで約四千五百円）の値段は、決して安くはないが、武家や寺社の贈答品として重宝される老舗菓子店の羊羹などに使う砂糖は、根強い需要があった。

千代は、量は減ってきたものの、薬種と一緒に仕入れられる上白糖の唐三盆が、問屋同士の仕入れでは長崎から上方を経て江戸に入ってきているとしているが、どうもそればかりではないことに気づき始めていた。

この疑念は、手代の達吉と助六の何気ない会話を聞いたことから確信に変わった。たまたま船来の砂糖の残りの量を確かめに保管部屋のある二階に上がった時に二人の声が聞こえてきた。

「そろそろ暖かくなってきたから、新潟あたりが忙しく動き出すかもしれんな」

「佐藤屋が今年あたり派手に仕入れて江戸に持ち込んでくるかもしれんとの噂がもっぱらだ。砂糖のほかにも、桂皮だの、丁子だの、麻黄だのと、唐来品の薬種が中心だろうが……」

「いや、それればかりじゃないぜ。朱墨や紅珊瑚に加えて、象牙やべっ甲、犀の角なんぞといろいろと入ってくるらしい」

「そりゃ、新潟だけじゃ捌ききれんだろうな。すると富山か酒田辺りから流すのかい？」

「いや、何でもその中間に小湊とかいう港町があるらしいぜ」

「聞かねえなあ。そいつあ、どこだい？」

「頭《かしら》が以前から目を付けていたところさ。御用屋敷のお仲間で見張っている人がいるらしい。例の島のこっち側だ」

聞くともなく耳に入ってきたことの半分も千代にはわからなかったが、砂糖と新潟という言葉は耳に残った。頭というのはおそらく勝野庄一郎のことだろう。

その時、薬種の保管をしている二階への階段をぎしぎし上がってくる小さな足音が聞こえた。普段ここには上がるなと伝えてあるのに、お夏が千代を探してのぼってきているのがわかった。

「母たま」

千代は、達吉らが密かな会話をしていた二階の保管部屋からそっと立ち去ろうとしたが、ぎしりと階段の板が足を置いた途端に大きく鳴った。

「誰でい？」

障子が開いて、達吉が顔を出した。階段の途中でお夏を抱きかかえた千代を見て、

「あんたさんか」

と言ったが、すぐに、

「おかみさん、立ち聞きはよくないね。後で面倒なことになるぜ」

捨て台詞のような達吉の声が聞こえた。見上げると、その脇で助六の目が鋭く光っている。

「いえ、何も、そんな……」

千代は慌てて声を出したが、言い訳にもならなかった。急いで階段を降りると、お夏を母屋の方に連れていった。

結局、この店は、あの人たちの探索用の隠れた陣屋になっているとようやくわかった。それに自分がどう関係するのかはよくわからないが、おそらく三年前に根津で出会った若い武家と何らかのつながりがあるのだろうとおぼろげに想像した。

それから何日か経って、千代は矢島屋に彦次郎を訪ねた。矢島屋は八丁堀の測量家に地図を描く紙を卸していたから、彦次郎には何らかの地理の知識があるかもしれないと頼る気持ちになっていた。

「さて、小湊という地名は知らんな。ただ、富山や新潟から東にある島で酒田より西だとすると飛島ではなく華島かな。佐渡の東にある小さい島だな。たしか天領だが、羽州新田藩の預かり地となっている」

彦次郎は、そこまで言ってから、ふと疑問に思ったようで千代に聞き返した。

「その島がどうした？」

「いえね、ちょっとうちに来たお客さんが話していたのを小耳に挟んだの。新田藩というのは？」

「新しくできた支藩だ。ただ、よく知らないが、しばらく前に藩主が代わったと聞いたことがあるな。ま、奥羽の小さな藩だ。後で武鑑でも見て調べておくよ」

「いえ、そこまでしなくてもいいわ」

彦次郎は、「まあ、待て」と気安く立ち上がった。その様子を見ると、すっかり元気になったようだ。すぐに表紙に大名武鑑と書かれた冊子を手でめくりながら座敷に戻ってきた。

「ああ、あったぞ。羽州新田藩、一万五千石。藩主は、夏目越中守忠信。元の名を響四郎という。浜名藩から養子で入っている。四年前の文政九年の夏だ」

千代は、四年前の夏と聞いて、心中にさざ波が立った。まさか、そんなはずはないと思ったが、どうしてよいかわからないほど胸の動悸が高まった。

「どうした？」

怪訝に思った彦次郎が声を掛けたが、千代は黙って首を振ると、そそくさと立ち上がった。

「お忙しいところ、お邪魔しました」

「変なやつだな。顔色が悪いぞ」

彦次郎の問いかけに、千代は深く頭を下げると急いで矢島屋を後にした。

店の外は、春というより初夏を思わせるような陽気だった。根津権現の躑躅がそろそろ満開かもしれないと思いながら、千代は何かに追われるように日進堂への道を急いだ。

一膳飯屋

代官所を出て、少し歩くと浜辺に出る。そこから海を眺めると、漁をしている小舟が水平線の手前に数多く見えた。陽光を受けてきらきらと輝く海面の上にとどまるようにして網を上げている船が何艘もいる。海の上を吹き渡る風はまだ冷たいが、島はすでに春の装いを始めている。木々は芽吹き、つぼみは少しずつ膨らんでいる。雪の下から勢いよく背伸びを始めた草が顔を出している。屋敷周りの雪はところどころ解けて、水溜まりが点々と目に入った。この分ならば、あと半月ほどで花が一斉に咲き出すだろう。

新之助は、西浦の久兵衛に使いを出した。近いうちに訪問して様子を伺いたいとの申し入れである。西浦からは、冬の間、特に大きな出来事はなかった旨すでに報告を受けていた。

新田藩の小湊と結ぶ船便は、冬場はごく稀に訪れる好天の日にのみ行き来していたが、暖かくなると次第に日を措かず定期的に往復するようになってきた。その船に乗り古手屋、小間物屋、太物屋といった本土の行商人が島に入ってきて村人の暮らしも心なしか活気づいてきている。

　昨年の火事騒ぎの後に「浦半」に顔を出してから、新之助は、三、四日に一度ほどの割合で店に立ち寄るようになった。酒をそれほどたしなむ方ではないが、寒くなると台所仕事が志げにはこたえるらしく、新之助も志げの手料理に少しばかり飽きてきたことから、断りを入れて様子を見ながら浦半に通い出した。この計らいに志げも内心喜んでいると甚六からは聞いている。

　浦半の新之助の席は、最初に座った隅に置かれた一番奥の樽と定まっている。干した魚を焼くか、煮魚にするか、後は漬物に飯に汁椀と出されるものはおおよそ決まっているが、店の雰囲気にかしこまったところがなく新之助には自然と居心地よく感じられる。

　女将のお紋は、「いらっしゃいませ」とにこやかに客を迎えるが、愛想笑いを浮かべて長々と世間話などしたりはしない。注文取りは、小女の深雪の役目だが、この娘はさらに口数が少ない。きびきびと立ち働くが、余計なことはしゃべらない。しかし、話さなくとも新之助の好き嫌いが何かは弁えているようで、その日の店の献立の中から新之助の好みに合いそうなものを手際よく持ってくる。酒の燗の温もりまで測ったように気分に合わせてくるので新之助は驚いている。

それ以上に感心なのは、店の客との間《ま》の取り方だ。冬場の客はすべて島民なので間違いなく新之助の氏素性を知っている。しかし、誰も新之助の存在を気にしないかのように普通に振舞って飲み食いする。店への出入りなどで顔を合わせれば頭を下げるが、それ以上の気遣いはしない。もっとも、いつぞやの又平のように、ちょっとしたきっかけで口をきく機会はあり、そのような時でも妙にへりくだったりはしないので、新之助も大いに気が楽である。

ある日、そのような感想をお紋に漏らしたことがある。

「それは、この島に飲み屋はここ一軒しかないからですよ。つまり、みんな思い思いに好きなように飲んで食べたいってことです。その邪魔はされたくないし、逆にしたくもない。それに中条様は、あの火事の一件があって、島の人たちの仲間入りをされたんじゃないかしら。もちろん一目置かれたっていうことですよ」

「そうかな。あの火事の件では、後で手代の田島にはこっぴどく叱られた」

「そりゃそうですよ。もしお代官様がひどい火傷でも負ったら、田島様の責任になりますでしょ」

新之助は、お紋の話を聞いて「道理だ」と素直にうなずいた。

「女将は、以前城下にいた時に、小野寺殿に剣を習われたのか?」

「いえ、習うというほど立派なものじゃありません。夫に付いていって少し手ほどきを受けただけです。それに、小野寺先生は、今の馬廻り組の前は、長らくこの島のお代官をされていました。その時分から何度かお目にかかったことがあります」

「なるほど。だから、芳蓮院様の威徳が島中に行き渡っているのか。このたび小野寺殿は、閉門蟄居となった辻殿の後を継いで郡奉行になられた。番方から役方の重職に上がるのは珍しいが、小野寺殿なら適任だと皆が話しているようだ。ところで、今度久しぶりに西浦に行くことになった。誰か女将の知り合いなどいないものかな？」

「名主の久兵衛様のお屋敷を訪問なされます？　それなら、ご長男の嫁御の安紀様はよく存じております。以前、行儀見習いで藩の奥御殿に一緒に女中奉公した仲です」

「女中奉公というと、当時のお美津の方、今の芳蓮院様にお仕えなされたか？」

「そうです。でも三年ほどで、城から下がって二人とも嫁ぎました。まあ、私は見ての通り、今は島に戻って飲み屋の女将をしていますが……」

お紋は、そう苦笑しながら言うと、店の中を立ち働く深雪の横顔をちらりと見た。

「深雪と申したか。あの娘は、島の育ちではないと聞いたが？」

「ええ。三年ほど前にお父様と一緒にこの島に来て、そのまま一人残ることになって……。でも、あの子も、人見知りする性質《たち》だけど、だいぶ慣れてきて、今じゃお客さんにもだいぶ気に入られているみたいですよ」

「確かに見ていて清々しくなるような立ち居振る舞いだな」

「よく気がつくし、読み書きも立派にできます。うちの板前が包丁を握らせてもいいなんて言っていますわ」

新之助は、包丁と耳にして、なぜかはっとした。白くてのびやかな手足といい、しなやかな身のこなしといい、深雪には生き生きとした姿の陰に底知れぬ奥深さがあった。

「そういえば、あの子はまだ西海岸を見ていないかもしれません。もし、西浦に行かれるなら、深雪をお供に加えていただけませんか。何かとお役に立つこともあろうかと思います」

新之助は、供は田島儀兵衛と甚六と、できれば船大工の又平に加わってもらおうかと考えていた。時と場合によっては、船に関わる知識が必要になる気がする。そこに、若い娘の深雪が加わるのは存外ではあったが、先のお紋と安紀の関わり合いを知って、何か人知れず縁でつながっているようにも感じられた。

「や、思わず長話をした。今の件、考えておこう」

新之助は、珍しく女将と長い間言葉を交わして、店の客が時折こちらを見ているような視線を感じて、話を切り上げた。


もっとも、その後西浦に行く話は、なかなか実現しなかった。新任の代官である新之助には春を迎えて裁可する案件が絶え間なく舞い込むようになった。

冬の間に何度か大きな吹雪が襲来して山を越えて西浦に行く道が倒木などで閉ざされていた。加えて、沿道にある観音寺の堂舎も古い建物の一部が破損して修理の必要があった。また別の話として、昨年のうちに新たに開墾して広げた棚田の検地を早急に進め年貢の元高を定めることも求められていた。この種の山積みとなった仕事を、新之助は一つ一つ自ら決裁しなければならなかった。しかも、天領であるがゆえに、新田藩を経由して幕府に届け出る書式も煩雑を極め、田島にずいぶん手助けしてもらってはいたが、新之助は膨大な時間を机に向かって費やさなければならなかった。

それらの仕事に一応の決着を見たのは、一斉に咲いた梅や桃や桜の花が散り終わって、春の陽気が島全体に満ち溢れた時期となった。

その頃、新之助は、響四郎に手渡された『蝦夷秘説』の抄録を抜き書きしたものを改めて念を入れて読んだ。

浜松藩士の塩田恭之介が、藩主の水野忠邦に命じられて、蝦夷地の港普請に赴いたのは、今から十年前の文政二年である。浜松藩のほか、彦根藩、富山藩、越後長岡藩、薩摩藩、長州藩などに松前藩が加わり合わせて十一の藩が幕府のお墨付きを得て、蝦夷地の松前、箱館からさらに奥地に入った海沿いに千石船が着ける大きな港を造ることになった。普請工事は、入り江に漂砂が積もるなどして困難を極めたが、三年後に完成した。その完成間近の文政四年の十二月には、松前藩に蝦夷地支配が幕府直轄から戻され、地元では盛大な開港披露が行われた。

塩田が蝦夷地に派遣された理由は、この普請工事の差配を手伝うことだけではなく、なぜ浜松藩のほかに十もの全国の雄藩が、財政逼迫の折にもかかわらず巨額の費用を投じる事業に参画したのか、その目的を探ることだった。そして明らかになったのは、薩摩藩と松前藩を中心にこれらの諸藩が関与する形で密かに進行している大掛かりな抜け荷、すなわち幕府禁制の密貿易だった。

抜け荷の実態は必ずしも明らかにはならなかったが、琉球経由で薩摩が輸入した朱や漢方薬種など唐来品（舶来品）を薩摩の雇った弁才船が長崎には降ろさずに新潟、あるいは富山の港まで運ぶ。一方で、蝦夷地から俵物と称する干し鮑や煎り海鼠《なまこ》、昆布などの海産物を松前藩の北前船が同じく新潟などの港に運ぶ。そうして、幕府の長崎会所を通さずに新潟や富山の港で相対の取引をして、その後俵物は薩摩の船が琉球へ運び、唐来品は新潟などの港から密かに江戸や大坂の闇市場に流されるか、あるいは北前船がゆく先々の港で売り捌いて巨利を得るという仕組みだった。

これにより薩摩は、幕府に上前をはねられることなく、原価で仕入れた大量の俵物を貿易に投入することで、より多くの高価な唐物を輸入することができ、それを自ら売り捌くことで藩財政は見違えるほど豊かになっていった。他方、俵物を仕立てる松前藩はもとより、唐来品を受け入れる新潟や富山、さらには酒田や赤間関（下関）などの港が潤うことによって、それらの港を支配する各藩は財政の立て直しに十分な手応えを感じていた。

この抜け荷を滞りなく進めるには幕府の目の届きにくい蝦夷の奥地で大量の俵物を荷積みできる大きな港が必要だった。そのための港普請であることを三年かけて塩田恭之介は探り当てた。

塩田は、浜松に帰任した後も幕府の隠密と密かに連絡を取り、藩主の水野忠邦の求めに応じて抜け荷の探索を続けた。その結果、抜け荷の実態はさまざまな風説を介して次第に幕府の知るところとなり、長崎奉行からの要請もあってその取り締まりが強化された。すると、それまで新潟港を中心に取引されていた唐来品と俵物は、別の場所で取引されて、その流通の道筋も複雑に分岐することになった。毎年春と秋に新潟で取引されていた抜け荷は、ある島の沖合で船同士が海上で直に荷物をやり取りする瀬取りの方法で特定の季節に集中的に行われているという噂を公儀の隠密が聞きつけてきた。その符丁が「島に赤石はありや？　石なくも薬の効き目あり」である。

『蝦夷秘説』の抄録に書かれた内容は以上であった。そして、これに浜松藩主水野忠邦の親書が添えられており、「羽州新田藩主に就くにあたり、十分に心に留め置くがよい」との直筆と花押があった。

この封書を届けるにあたり、塩田恭之介は、

「噂の島とは華島に間違いござらぬ。季節は、おそらく初夏の頃。島に赤石……は、俗にいう、薬石効なく、に似せて、紅珊瑚を意味する赤石と漢方薬の薬を対にして符丁にしたものと聞きました」

と話して、何かあれば藩主水野越前守に直接お知らせいただきたい、と言い置いていた。

響四郎と新之助が新田藩に来るにあたり知り得た情報は、ここまでである。しかし、新之助は、すでにこれ以上のことを聞き知っている。

島で噂されている「浮き物」とは、薩摩藩の唐来品を積んだ弁才船と松前藩の俵物を積んだ北前船とが、華島の西海岸の沖合で瀬取りしている光景をいい、佐藤屋清助はもちろんのこと、芳蓮院や樋口家老などもその実態を知っているに違いない。そして、小野寺など新田藩が派遣してきた代官は、そのことを知る名主らを味方に引き入れるために、佐藤屋から運上金を取って島に相当な額を施しとして流していると見られる。その金がどのように島の暮らしを支えているのか、さらに小湊で回船問屋を営む津島屋六右衛門などがどのように絡んでいるのかは、まだ新之助にはわからなかった。もっとも、これくらいのことは、幕府の隠密も羽州本藩の放った間諜などもかぎつけているに違いない。しかし、実態の全てを知っている者は限られていて、しかもその状況は日々動いていると響四郎も新之助も見ている。それをいち早く察知して、自分たちの思うように差配したいと考えるものがいくつもの勢力に分かれて対峙しているのが今の華島の姿である。

それにしても……。

新之助は、『蝦夷秘説』を改めて読み返してみて、やはり湧き出てくる疑問をぬぐえなかった。秘説に書かれていることの多くは文政五年までの普請工事とそれに伴う探索に基づいている。それから七年が経ち、抜け荷の仕組みも大幅に変わってきているのではないか。幕府が新潟港を舞台とする抜け荷に目を付けて綿密な探索を続けていることは、薩摩藩や松前藩も知っているはずである。とすれば、抜け荷の手法を大きく変えることで幕府の探索の目を逃れることを当然考えるだろう。その舞台が華島として、単に年に二度か三度、浮き物同士が瀬取りをしただけでは、それほど大きな稼ぎを生みだす取引になるようには思えない。

新之助は、想念を打ち切るように大きな山門をくぐって広い境内に入っていった。

華島の観音寺は東浦の代官所から半刻あまり北に上った山裾にある。そこでは、住職の淡海和尚が新之助の来訪を待ちわびていた。

「前回打合せさせていただいたお寺の破損個所の修復の件は、今藩庁に問い合わせておりまして、まもなく認可が下りるものと思います。それとは別に何か頼み事があると伺いましたが？」

新之助の問いに、淡海和尚は深々と頭を下げてから、白く垂れた顎鬚を指で軽くなでつけながら口を開いた。

「されば、寺の境内に新たに施術院を造りたいと考えております。島民は、わずか三百人ですが、重い病にかかっても、夏に訪れる富山の薬売りから購った薬を飲んで痛みに耐えるばかりで、これまでまともに医術の助けを受けることはできませなんだ。そこで、よろしければこの寺に施術の後も療養できる養生所を設けて、島の者の命を救いたいと考えております」

「なるほど。ちなみに建物はともかく、医者はどうします？」

「近頃、ようやく藩医の了安殿のお弟子で、この島に移り住んでもよいという奇特な御仁が二人ほど現れました。いずれもまだ若い漢方医ですが、この夏にも島に渡ってきたいと申しております」

新之助は、大きくうなずいてから、もう一つ質問した。

「ところで費用の算段はどのようにするおつもりか？」

「建物のみならず施療に必要な器具や備品、それに薬種などを一通り揃えるとなると、少なく見積もってもざっと数百両、あるいは千両ほどもかかると見込んでおります。寺の檀家といいましても、島には名主以下、それほどの分限者はおりません。そこで、佐藤屋清助殿や津島屋六右衛門殿といった島に縁のある商人の方に寄進をお願いしようと考えております。恐縮ですが、代官所にも作事にかかる人足の手配についてお助けいただけませんでしょうか？」

「わかり申した。早速に藩庁と掛け合った上で、いかなるお手伝いができるか考えたいと思います」

新之助は、そう答えたが、直ちに先々の段取りについてこうすればよいと目算が整っているわけではなかった。しかし、自分が代官になって、何ができるだろうかと常日頃考えてきたところに、一つ意義深い仕事に携わる機会を得たと確信するものがあった。久しぶりに気分が高揚して将来が明るく照らされたような心持ちになった。

淡海和尚との談合が思いのほか長引き、寺からの帰り道は夜になった。同行してきた田島儀兵衛と別れて、新之助は一人で浦半に寄った。

「あら」

そろそろ店じまいと思ったのか、暖簾に手を掛けていた女将のお紋が新之助の姿を見ると、慌てて手を下ろして店の戸を開けた。

「遅くに済まないな。軽く茶漬けでも食べさせてもらえれば」

新之助が、店に入ると、ちょうど最後の二人連れの客が席を立とうとしたところだった。包丁やまな板の片付けを始めようとしていた顔馴染みの板前が、新之助に目で挨拶すると、手桶から柄杓で水を汲んで、再び手元を動かし始めた。

「すぐに魚でも焼きますから、ちょっとお待ち下さいな」

お紋の声掛けで新之助はいつもの席に座った。

店には、新之助のほかにお紋と深雪と年配の板前の三人しかいない。珍しい光景だった。

せっかくだからと徳利で燗酒をもらって、焼き魚をつまみながら飲んでいると心地よく酔いが回ってきた。珍しくお紋が酌をしてくれて一本で止めるつもりが徳利を三本ほど飲んだ。程よい酔い心地になったところで新之助は礼を言ってふらりと席を立った。その様子を見たお紋が、

「夜も更けて道も危のうございます。深雪にお供させます」

と告げた。新之助が、いささか驚いて、

「暗い夜道を屋敷に帰るのに若い娘に供をさせるのは心苦しい。気遣いなく」

と断りを入れると、お紋はかぶりを振って、

「大丈夫ですよ。それより中条様のお足元の方が心配です」

と強く念を押された。

店の外に出ると、頭上には星が瞬いていたが、月は出ていなかった。

あまり寒さは感じられず、提灯を持った深雪が少し先を進み、新之助は後についていった。代官屋敷まではは小半刻ほどの距離である。新之助は何か話そうと考えたが、どうにも適当な言葉が出てこなかった。

道半ばまで来た時、突然深雪が提灯の灯を吹き消した。

新之助が何事かと周囲を見回した時、ふいに空気を切り裂いて飛んでくるものが目に入った。深雪が、しなやかな手を撥ねるように振ってその物体を打ち払った。と思う間もなく、二つ目、三つ目と黒いものが飛んでくる。深雪は、さながら舞い踊るようにその物体にものびやかに手を伸ばして飛来するものの道筋を瞬時に変えた。

飛来物が地面に落ちると、かすかにりりりと虫の鳴くような音がして、人影が一人、二人、三人とひらりひらりと抜刀して走り出てきた。

素早く身構えた深雪が、その人影と一瞬交差すると、そのまま振り返って、手に持った白く光るもので首筋を刺したように見えた。その直後、ふたつの人影が新之助に迫ってきた。

「何者だ！」

新之助は声を上げると同時に抜き合わせて、正面の影に対峙したが、その直後、深雪が脇をすり抜けるようにして、二つの人影の間を通り抜けた。と同時に、目にも止まらぬ動作で白く光るものが左右の人影を刺した。人影は、一瞬立ち止まったように見えたが、くるりと踵を返すと、たちまち漆黒の闇の中に紛れ込んでいった。

再び静寂に包まれた闇の中で、新之助は地面に落ちている黒い物体を見た。棒状の鋼鉄の筒で、棒手裏剣と呼ばれるものだと分かった。

「お怪我はございませんか？」

すぐ近くで深雪の声が聞こえた。新之助は、

「大丈夫だが、そなたは？」

と聞いた。微かに血の匂いがした。

「かすり傷を負いましたが、大事ございません。脅しでございます。こちらも急所を外して帰しました。この先にお屋敷が見えています。こちらで失礼させていただきます」

深雪は、そう言うと、たちまち暗闇の中に消えた。

新之助は、立ち止まって、その見えなくなった後ろ姿を目で追った。

深雪に命を救われた。

新之助は、ほっとするとともに深雪の水際立った身のこなしに改めて驚嘆していた。

あれが狐舞の衆の技なのだろうか？

そういえば、浦半のお紋は、かつて芳蓮院様の側に仕えていたことがあると話していた。するとお紋も、あるいは西浦にいる安紀という名主の息子の嫁も、皆狐舞の衆なのだろうか。

新之助は、刀を鞘に納めると、屋敷に向かって足元を踏みしめるようにゆっくりと慎重に歩いていった。この島はわからないことだらけだった。

瀬取り船

五月の半ば、良く晴れた日に新之助は、西浦に向かった。供には、田島儀兵衛と甚六に加えて又平と深雪を従えていた。又平は荷物持ち、深雪は道案内という体である。西海岸への道は田島や甚六がもちろん熟知しているものの、深雪もよく弁えている風を装っている。一行に付き従う深雪が恐るべき手練れの護衛役だと知っているのは新之助だけだと思われた。

島の中央に坐する大柴山の裾を回って、山麓の雲平から真っすぐ北に進み、海に面する仏ヶ鼻まで歩いた。起伏の多少ある山道だが二里ほどの道のりを一刻半ほどで踏破した。ここから西浦までは、一旦雲平まで戻る道筋になるが、坂道を西に下り、およそ一里半の行程で村落に着く。一刻とはかからない見込みである。

年明けに降った大雪のせいで、道の途中に枯れた大木が倒れて東浦と西浦の往来が一時期閉ざされていたが、春を迎えて修復の普請を行い、今では元通りの歩きやすい道に整えられている。

「もはや晩春というより初夏ですな」

展望の利く仏ヶ鼻から目の前に大きく広がる日本海を見て、田島が声を上げた。

新之助も思わずほっと息を吐いた。昨年の晩秋に響四郎の供で来た時と比べると、全く別の景色を見ているようだ。以前見た海は、灰色の大波が白いしぶきを上げて大音響とともに岩肌に打ち寄せて人を全く寄せ付けない過酷な厳しさを見せつけていた。それが今は、穏やかな海面に陽光が光り輝いて天女が舞い降りてくるような優しさを示している。

季節や天候によって海はこれほどまでに表情を変えるものか。

目の前の海は遥か水平線まで見渡せるように平坦に凪いだ景色を見せている。船の影は一つも見当たらなかった。

「では、参りましょうか」

田島に促されて、一行は西浦に向かった。

西浦の名主の久兵衛の屋敷は、小さな漁船が泊まる港を見下ろす海に面した高台にあった。

豪壮な邸宅というにはほど遠いが、古風な建屋の中に、黒光りするほど磨かれた柱や床、さらには使いこまれた調度類を見ると、長い歳月を経た風格のようなものを感じさせた。

「ご無沙汰しております。お陰様で村人一同恙なく暮らしております」

久兵衛は、四十半ばの痩せぎすな男だが、日焼けして赤銅色の肌をしていた。型通りの挨拶の後、村に昨年来起こった諸事の報告があり、新之助はそれについて問答をいくつか交わした後に、今年の収穫の見込みを尋ねた。

「棚田の方はご覧の通りわずかばかりでございますが少し広げて田植えを終えております。不作だった昨年よりは収穫が上がればよいと願っております。魚の水揚げの方は、昨年はまずまずでございましたので、今年も同様にと期待しております」

新之助はうなずいて、田島の方を向いた。田島も「されば、その件の詳細は改めて」と答えて、最初の用談はお開きとなった。

その後、別の部屋に招かれて宴席が催された。あらかじめ過度な接待はご無用と申し入れていたので、ごく素朴な料理だったが、それでも旬の磯の味覚を十分に堪能できる馳走だった。

その席で、名主の久兵衛が、跡取り息子の庄之助とその内儀の安紀を紹介した。庄之助は島育ちに似合わず色白で整った顔立ちのすらりとした長身の若者だった。村の名主の跡継ぎというよりも漢籍でも講じそうな学者の趣があった。その妻女と紹介された安紀は、庄之助より年上に見えたが、ろうたけた美しさと匂い立つ気品の持ち主だった。

「最近、東浦の浦半という店に通うようになりまして、そこのお紋という若女将が、お内儀に会いましたらよろしくと申しておりました」

新之助が挨拶すると、安紀は目を輝かせて、

「しばらく会っておりませんが、お紋さんには息災にしているとどうぞお伝えください」

と手をついて丁重に頭を下げた。それを見た久兵衛は、

「早いところ孫の顔を見たいと申しておりますが、これぱかりはなかなか……」

と苦笑しながら申し添えた。その言葉から、久兵衛の息子夫妻に対する慈愛の深さが十分に察せられた。

「さて、お休み前に少し席を変えて、お話ししたいことがございます」

久兵衛が、少し改まった様子で新之助を別室に案内して、そこに安紀が濃い茶を出して下がっていった。

「こたびの代官様は、東浦の火事場で人助けをなされたり、また熱心に村の人の話を聞いてくださったりと、お若いのに大変なご人徳をお持ちの方と伺っております」

新之助は、黙ってうなずいて聞いている。

「そこで、お伺いしたいのでございますが、もし、かねてより至極熱心にお調べのことがその通り事実であったなら、いかがなされますかな？」

新之助は、久兵衛の顔付きも声色も先ほどまでの温和な様子から、いざとなれば村から帰さぬとばかり至って険しいものに変わっているのに気づいていた。

「事実であれば、そのことを殿にお伝えしなければなりません」

新之助が話題をそらさずに率直に言葉を返してきたのを好感したのか、久兵衛は微笑してうなずいた。

「道理ですな。して、わが殿様はいかがなされます?」

「殿の存念まではお測りいたしかねます」

「いかにも、そうでしょうとも。ならば、代官様が殿様でしたら、どうなされます? つまりは、殿様にしても、あなた様がどうしたいか、その思うところをお尋ねになるかもしれませぬ」

新之助は、座り直して背筋を伸ばすと、毅然とした態度で答えた。

「それは、この地は天領でございますれば、預かっている藩の立場としては、ありのままを公儀の然るべき筋にお伝えするしかございません」

「しかるべき筋とは?」

「大目付あるいは勘定奉行を通じて老中に上げ、公方様のお耳にも入れることになりましょう」

久兵衛は、「なるほど」と一度深くうなずいて、さらに言葉を継いだ。

「それで、どうなりますかな?」

「おそらく公儀の綿密な探索が入り、関係した者たちには、厳しいお咎めがありましょう」

「それで、誰が得をしますかな？」

新之助は、少し考えてから、おもむろに答えた。

「これは損得の問題ではなく、理非の問題かと存じます」

「なるほど。ならば理非を問えば、幕法に理があり、これに逆らえば非ということですか？」

「左様です。公儀の定めるのは天下の法度ゆえ、これに反するのはすなわち非となりましょう」

久兵衛は、何度かうなずいて言った。

「確かに、私どもが年貢を納めなければご公儀も藩も困りましょう。しかしながら、世の中の流れというものを押し戻すことはなかなか難しゅうございます。加えて、お調べの件は、ご公儀にとっては理非かもしれませんが、実態は間違いなく損得の問題になりかわっています」

「確かに、久兵衛殿のおっしゃる通り、突き詰めれば損得かもしれませんが、しかし公儀はこれを看過することはできません」

「見逃すのではなく、良いようにお取り計らいしていただけませんでしょうか？」

「良いように、とは？」

「例えば、この島を長崎の出島のようにしていただくとか？　いえ、出島などと大それたことは申しませんが、天領として特別の計らいを頂戴できればありがたいのですが……」

「そのようなことをお決めになるのは幕閣の重職の方々でございましょうし、とてもわが藩からいかにも法外な献策は致しかねます」

「ならば、そのような申し出ができる頃合いを待てばよいではありませんか。それほど遠い先のこととは思えませんが。それに、事を荒立てても、民百姓など弱いものいじめになるばかりで、元凶ともいうべき大物は捕まえられませんぞ」

「大物とは、薩摩藩のことですか？」

今度は、久兵衛が黙る番だった。しばらく沈黙が流れた。

「あなた様は、この島のお代官ゆえ、島の民が安んじて暮らしを成り立たせることを第一にお考えになることが務めかと存じ上げまするが……」

「いかにも、その通り。ゆえに幕臣ではないのだから、島の利得をまず考えよと申されるか？」

「いずれにしても、この島は、芳蓮院様のご仁政によって、わずかな収穫を争っていがみ合うような暗い時代を経て、今ようやく明かりが見えだしています。大変出過ぎた話を申し上げましたが、代官様は、この島に善政を敷かれるお方と思えばこそ、ただ今申し上げたことをぜひともご理解いただいて、よきに計らっていただきとうございます」

久兵衛の絞り出すような言葉に対して、新之助は静かに耳を傾けてからおもむろに言った。

「おっしゃることは伺いました。拙者なりに、よく考えてみます」

話は、そこで終わったが、その晩、新之助はすぐには寝付かれなかった。

久兵衛の話が何度も脳裏によみがえって、自らの出処進退を悩みつつ思案していた。加えて、何か思わぬ事件が起こって、それによって事態が一変するような妙な予感が頭から離れなかった。

そのような中で、ふと脳裏にあでやかな白い手が躍った。そうか、あの火事場で匕首に刺されそうになった時に、その切っ先を躱してくれたのは、深雪の手だったのか。新之助は長らく不思議に思っていたことが突然腑に落ちて、まもなく深い眠りに落ちた。

その翌日、新之助は久兵衛の案内で西浦の近隣に新しく開墾した棚田を検地していた。現地を検分することで、平地が少なく水が乏しい島の中で田を切り開く途方もない難しさに改めて気づかされた。

昼に棚田の脇で握り飯を食べる段になって、「ちょっと、お話が」と又平が声を掛けてきた。新之助が、又平の後についていくと、樹林が開けて、眼下に西浦の港が見える高台に立つことができた。

「下に見える港ですが、毎年少しずつですが広がっています。海の色が濃くなっているところを見ると、底も掘られて深くなっているようです」

「なに……。すると漁船のみならず、少しばかり大きな荷を運ぶ船も着けるのか?」

「五十石、百石ならば、腕のいい船頭なら大丈夫かと」

新之助は、華島の西海岸は、一年中海が荒れている上に海辺は岩礁続きで、鮑や栄螺採りの小舟くらいしか着ける場所はないと思っていた。しかし、船大工の又平の見るところ、今の西浦の港は百石の船が接岸できるという。

「ちなみに、東浦の港はどうか？」

「あそこも、少しずつ広げております。二百石の船が着きます」

「ならば、小湊は、どうか？」

「一度しか見ておりませんが、五百石の船までいけると津島屋の船頭から聞いたことがあります」

新之助は、あわただしく「うむ」とうなずいて、それからゆっくりと首を振った。

どうやら思慮の前提が間違っていたようだ。これまで華島は、沖合を抜け荷の舞台に貸している単なる便利使いの島だと思っていた。「浮き物」という迷信を流して瀬取りする船から人々の目をそらし、その代わり事情を知る佐藤屋が抜け荷の船主から場所代を稼いで、それを島に口止め料として落としていると思っていた。

しかし、実態は、それよりはるか先に進んでいるようだ。もはや華島の沖合は、抜け荷の表舞台であり、島の西浦からは沿岸で採った鮑や海鼠が俵物として薩摩船に売られ、一方で瀬取りした唐来品の一部は、小湊に運ばれて遠く江戸まで送られる。仮に海が荒れたなら、東浦の港の沖合に留め置く手もある。そういえば、東浦の港の近くに、新たに頑丈な蔵がいくつも建てられていた。

羽州本藩は、幕府の取り締まりが厳しくなるにつれ、抜け荷の本拠地が新潟や富山から自ら支配する酒田に回ってくるものと目論んでいたところ、新潟と酒田の途中に位置する華島と小湊を擁する新田藩に大事な金づるを横取りされたと気づいて愕然とした。そして怒り心頭に発してさまざまな謀《はかりごと》を仕掛けようとした矢先に新田藩の先君が亡くなった。これで華島も小湊も自分たちのものになるだろうと、本藩はほくそ笑んだに違いない。しかし、本藩の末期養子の申し出は新田藩の芳蓮院と樋口家老らにあっさり袖にされた。新たに江戸から他藩出身の響四郎を迎え入れた時点で、本藩は自分たちの思い通りにならないことを悟った。だからこそ、無理やり国境で一揆を起こし、久保用人に刺客を放ち、今また執拗に虫鳴きの衆という忍びを使って、新田藩を混乱に陥れようとしているのだ。

果たして、この華島の成り立ちと新田藩の思惑、本藩の危険な企みを藩主の響四郎は知っているのだろうか。おそらく最初はここまでは気づいていなかったに違いない。しかし、自ら華島を訪れ、新之助をこの島の代官に留め置いた時には、響四郎は何かを察知していたに違いない。

とすると、自分の役割は何だろうか。新之助は自問自答した。この華島の位置づけを守って、企てを密かに前へ進めることだろうか。しかし、それは風聞となってやがて江戸表にも知れ渡り、幕閣も動き出すだろう。その時、自分はどうすべきだろうか。

新之助は、答えが出ない問いを胸の中で反芻しながら、久兵衛の待つ棚田へあぜ道を戻っていった。

その後、さらに三日ほど西浦に滞在して、新之助の一行は東浦の代官所への帰途に就いた。今度は仏ヶ鼻に寄らずに、まっすぐ東浦に向かう道をたどることにした。

出発して半刻ほどして、甚六の声が聞こえた。

「この時期、こちら側の海には、このような靄《もや》がよくかかります」

その声につられて西浦の港の方を振り返ると、確かに海の上が白く靄っている。霧が沖合の海上に薄くたなびいて海面を白くぼかしていた。

新之助は、東浦の古老の話に「浮き物」は初夏の靄がかかった沖合に現れると聞いたことを思い出した。

「この先を左に折れて、仏ヶ鼻に向かう」

新之助は、そう皆に伝えると、注意深く周囲の様子を探った。後をつけられている気配は感じられなかった。振り返って深雪の方を見ると、黒い瞳が輝いて新之助の懸念に対して大丈夫と知らせるようにうなずき返してきた。

そのまま四半刻ほど道を急いで、仏ヶ鼻に着いた。

眼前に先日よりやや波が立った海面が見えるが、沖合は白く霞んで見える。その水平線の手前に微かに焦げ茶色の物体が見えた。相当距離があるが、台形をしている。帆柱ははっきりとは見えないが、新之助には船に見えた。とすれば、かなり大きな船だろう。

同じ光景は、田島儀兵衛も甚六も見ている。新之助だけに聞こえる声で、又平がささやいた。

「弁才船です。千五百石積みのようです」

やがて、その少し手前にもう一つ台形の姿が見えた。これもかなり大きいが、先に見えたものよりも一回り小さい。

「やはり千石積みの北前船です」

新之助は、突如言いようのない緊張感に包まれた。とすれば、今目の前では、まさに抜け荷の瀬取りが行われているに違いない。しかし、その現場を展望の開けた島の岩場から見たとしても、直ちに何かできるわけではなかった。

急に湿っぽい風が強く吹いてきた。

「おや、北西風だ。風が巻いている。荒れるかもしれぬ」

甚六がつぶやいた。その時、新之助の目には、沖合の一番大きな船のへさきから、さらに小さな船が海に漕ぎ出したように見えた。

それは、もう一つ別の船だった。ということは、三艘の船が沖合で荷物の受け渡しをしていることになる。

その瞬間、海上で鋭い光が輝いた。遅れて大きな音が響いた。雷である。風は一段と強まり、やがて雨にみぞれが混じってきた。ふと沖合を見ると、白い靄は消えて空も海も全体に灰色に染まっている。すると、突然海上に大きな黒い渦が立ち昇って、その渦は一気に天空まで伸びた。

「竜巻だ！」

誰かが叫んだ。新之助らは、あわてて大樹の陰に雨宿りに入った。空はにわかに曇り、みぞれと大粒の雨が交互に降り出している。

「こりゃ、大嵐だ。道がぬかるむ前に、先を急ぎましょう」

田島が声を上げ、新之助はじっと海上を眺めていたが、やむを得ず東浦への道を急ぐことにした。

その時、大音響とともにすぐ近くに光の柱が立った。

「こいつは、あぶねえ。しばらくじっとしているしかありません」

甚六が、慌てて木陰に入った。つられて皆も再び雨宿りに戻った。

その時、誰かが新之助の後ろに寄ってきた。

「島に赤石ありや？」

すぐ耳元で声がした。女の声だった。

「石なくも薬の効き目あり」

新之助がすぐに振り返って小声で言葉を返した。そこにいたのは深雪だった。

「そなたは？　狐舞の衆ではないのか？」

深雪は、黙って首を振ると、

「仏ヶ鼻に戻りましょう。海の様子が変です」

とささやいた。

「皆、今一度仏ヶ鼻に戻るぞ」

新之助は、そう叫ぶと先に立って歩いた。雷とみぞれはおさまっていたが、雨と風は引き続き激しく吹き荒れていた。

仏ヶ鼻に戻って海を見た瞬間、新之助は我を失った。海上は漆黒の闇に包まれていた。濁った波は白い波濤を盛り上げ、大きな音を立てて岩礁に激しく打ち寄せている。

見たこともない巨大な船がすぐ目の前に漂っていた。太い帆柱が半分に折れている。それにもつれるようにもう一艘の大型の船が岩壁に吸い寄せられてきた。沖合には、やや小さめの船が波間に躍るように揺れ動いて漂っていた。

「潮目が変わって強い風と大波でこちらの岸まで押し流されている」

又平が叫んだ。船頭と水主が甲板の上を右往左往する姿が見えた。舵が折れたのか、船体をどうすることもできないようだ。舷側の竹の蛇腹垣《じゃばらがき》が裂けて、荷が波間に転げ落ちるのが見えた。船は、次第に吸い寄せられるように仏ヶ鼻のすぐ下の切り立った岩礁まで漂流してきた。

「岩にぶつかるぞ」

田島と甚六が同時に叫んだ。たちまち船はドドンという轟音を響かせて岩場に嵌るように座礁した。そこに大きな波が打ち寄せて船が傾いた。さらにもう一艘の大きな船が、強い力で押されるように舳先を前の船の船腹に食い込ませた。もう一つの小さめの船も、横倒しになりそうな体勢のまま、波間に大きく上下しながら近づいてきている。

一番手前の船が最も大きいが、どうやら乗っている人は皆無事のようだ。船体が岩場に食い込んでいるので、身動きは取れない。こうなると波が鎮まるのを待って、助けを呼ぶしかない。

「田島と甚六は、東浦の茂左衛門の屋敷に行って、人数を集めてくれ。甚六は、集まった村人たちとこちらへ引き返し、田島はそのまま東浦の港にとどまって藩庁に船が難破したと知らせてくれ。小さい方の船は、座礁を免れて引き返すかもしれん。そうなれば、東浦の港に向かうだろうから、それを押さえてくれ。それから、又平は、西浦に走って、久兵衛に急を知らせてくれ。船の用意も頼むぞ。わしらもすぐ参る」

新之助は、そう差配すると、改めて船が座礁している岩場を丹念に眺めた。切り立った断崖絶壁ばかりかと思ったが、岩礁の一部には僅かながら平坦な岩場も見えた。これなら、海が多少とも穏やかになれば、何とか船頭や水主たちを海上の破船から救い出すことができると思った。

「まず、難破した船の者を助けねばならぬ。何を運んでいるか、荷物を検めるのはそれからだ」

新之助が言うと、深雪はうなずいて答えた。

「幸い海も鎮まってまいりました。すぐに西浦から船を出せば、船に乗っている人はもちろん、積み荷を引き上げて西浦まで運ぶこともできましょう」

新之助と深雪は、又平の後を追って、西浦への道を急いで戻った。

西浦では久兵衛の差配で、十艘あまりの漁船がもやいを解いていた。

その中で新之助らは一番大きい船に乗り込むと、座礁した船のある方角へ向かった。

この頃には、雲間から薄日が差して、風もだいぶ弱まり、小さな漁船でも帆を上げて難破船のいる岩礁に近づくことができた。島民総出の人海戦術で、西浦のみならずまもなく東浦の村人たちも助っ人に加わって、難破した船乗りを助け、船の荷物を全て西浦の港まで運んで陸に上げた。作業は三日間に亘って続けられた。

「船はどちらも傷んでおりましたが、一艘は修復できそうです。又平が親方と船底の修理の段取りを相談していました。乗り組みの者に怪我人はいましたが、皆命に別状ありません。ところで……」

深雪が、新之助の側に近寄って声を潜めた。新之助は、久兵衛の屋敷の奥座敷を御用部屋として借り切り、人払いをして藩庁への言上書をしたためていた。久兵衛らとの伝達役として深雪だけに出入りを許していた。

「大きい弁才船の方は、やはり薩摩の船でした。船頭も沖船頭や水主も薩摩の言葉を話し、船には薩摩芋のほか、蠟や鰹節などを積んでいましたが……」

「ほう、そなた、薩摩弁がわかるのか?」

「華島に来る前にほんの少し習い覚えました。ところで積み荷ですが、薩摩芋などを収めた船倉の底にもう一つ船倉があって、そこから厳重に梱包された箱が四十個も出てきました。中身を確かめると、朱墨や漢方薬種、唐更紗、毛織物、べっ甲、象牙、犀の角に加えて大小さまざまな紅珊瑚が油紙に幾重にも包まれて納められていました。抜け荷に間違いありません」

「やはり、そうか。船頭は、何か話したか？」

「船頭は、口を割りませんでしたが、芳太郎という唐物抜け荷の仲買人が乗り込んでおりました。久兵衛殿が詰問すると、不承不承ですが、北前船が積んできた俵物と交換するつもりだったと話しました。弁才船には、取引されてすでに移し替えられた俵物が十箱以上甲板に載っていましたので、もはや言い逃れできないと悟ったようです。口書きを取ってあります」

「それで、もう一方の船は？」

「あちらは加賀の回船問屋が仕立てた北前船です。蝦夷地からの帰りで、主に昆布や煎海鼠《いりこ》などの俵物を積んでおりました。薩摩船の唐来品と交換して、そうして仕入れた唐物を新潟や富山に持ち込んで売り捌くつもりだったようです。やはり新潟が一番捌きやすいようですが、薬種は富山、朱は塗り物を産する能登や加賀で売るつもりだったと聞いて口書きに残してあります」

「逃げたもう一艘の船については、何か話していたか？」

「地元の回船問屋の船で、干し鮑や煎海鼠を唐物と交換するために来た船だと話していました」

「やはりな。津島屋六右衛門の船だな。東浦に回ったところで、田島儀兵衛と茂左衛門が差し押さえるだろうが、なんとか言い逃れようとするかもしれんな。もっとも、しょせん小商いだし、やっていることは明らかだ」

「それで、これからいかがされますか？」

「それぞれの口書きを清書したものを藩主の響四郎殿に届ける」

「それから、どうなされます？」

「響四郎殿のお考え次第だが、江戸に上ることになろう。……そなたは、どうする？」

「やはり江戸に上ります。公儀に命じられているわけではありませんが、つなぎはつけております。報告しないわけにはまいりません」

新之助は、周りに誰もいないことを確かめて、深雪の目を見て言った。

「そなたは、何者なのだ？　公儀の隠密か？」

「父は、公儀の勘定方にて目付らを統率して大掛かりな探索の役目を仰せつかっておりました。直参の旗本です。配下の徒目付が華島で相次いで行方知れずになり、その消息を知ろうと商人に成りすまして出向いてきたところで、病に倒れました」

「そなたを連れてきたところを見ると、病を承知で押して島に渡られたのか？」

「おそらく、そうです」

「すると、お家は断絶か？」

「いいえ、歳の離れた兄が継いでいます」

「ならば、なぜ江戸に戻らぬ？」

「父の遺言がございますれば……。この地にとどまって、島の様子を江戸の兄に伝えてほしいと。それに江戸から来た新藩主の様子を見極めて、必要とあればその配下を助けよと。それゆえ例の合言葉を言い残されました」

「それを浦半のお紋殿は知っていたのか？」

「お紋さんは、狐舞の衆の華島の頭です。それとなくわたくしの素性には気づいていると思います。浦半の店でわたくしがあまりしゃべらないのも、自然に出てしまう江戸の武家言葉を人に聞かれるのを避けるためと勘づいていました。ただ、本藩の虫鳴きの衆を敵に回して、お紋さんは、配下の狐舞の衆を公儀の隠密たちに近づけて、できれば組ませたいと考えていました。だから、わたくしの行動を監視しながら、あなた様を助けるのを見守っていたのです」

「しかし、公儀の勘定方が、北国の小藩の家臣である某《それがし》などを助けるのはなぜだろうか？」

「それは、公儀が抜け荷対策に手を焼いているからです。抜け荷の本拠地は、新潟ですが、全国にいくつも拠点があり、それを諸藩が密かに支援しています。華島だけを厳しく取り締まっても、抜け荷の拠点を散らすだけで、これを根絶することはできません。ですから、公儀は、抜け荷の全体像を確かめた上で最も効果のあるやり方で一網打尽に取り締まろうと考えています。今はその準備段階で、それを前に進めるために響四郎様一行は公儀の意向に沿う形で新田藩に来られたと伺いました」

「しかし、それは我らが公儀の思い通りに動けば、というのが前提であろう。そうならない可能性もある」

「ですが、羽州本藩の、新田藩を乗っ取って抜け荷で藩の財政を立て直そうという企てを防いで藩の独立を守るには、新田藩は公儀に忠誠を誓い、その庇護の下にあることが必要不可欠です。一方で、新田藩がそのように方針を固めれば、公儀は新田藩に対して、その仕置きについて細かい注文をつけることはしないでしょう。そうなればお互いにとって望ましいことです」

「しかし、今度の難破船の処理は難しいぞ。ありていに報告すれば、公儀は新田藩が華島を抜け荷の瀬取りの適地として積極的に提供することで、藩庫を潤わせるべく謀っていたととるかもしれん。そうなれば、藩は取り潰しとなり、響四郎殿も、代官である某《それがし》も厳しく断罪されるだろう。とりわけ抜け荷を密かに推し進める薩摩藩は大藩で、しかも先々代の藩主重豪《しげひで》様は、将軍家斉公の御台所（正室）の茂姫様の父君ゆえに、公儀も薩摩藩をいきなり重く処罰することはできまい。すると、見せしめにこの新田藩を重く罰して、天下に抜け荷の非を明らかにする処置を取るかもしれん」

「そうかもしれませぬ。しかし、事実は曲げられません。あるいは、公儀に報告しようとするわたくしをお斬りになりますか？」

深雪は、新之助の心中を確かめるように静かに顔を上げて目を見た。しかし、その凜として穏やかに座る姿は全く無防備のままだった。

新之助は、一瞬の間を置いてきっぱりと告げた。

「ばかを申せ。ほかの者ならいざ知らず、そなたを斬るなど思いもよらぬ。いずれにせよ、風聞は世の中を巡って、人々の知るところとなろう」

新之助は、腹をくくった。なるようにしかなるまいと思った。

「よし。ならば一緒に江戸に参ろうか。そこで離れ離れになるのは致し方ないが」

「わたくしもそのように望んでおります。良いお裁きが得られることをお祈り申し上げます」

心を込めた深雪の言葉を聞き、新之助はおもわず手を差し伸べた。その手の中に深雪が委ねるようにしなやかな白い指を差し入れてきた。新之助は、その深雪の細く温かい指をしっかりと握り、深雪も祈る気持ちを込めて柔らかく握り返してきた。

刺客街道

船は穏やかな波の上を滑るように走っていた。帆は順風を受けて気持ちよく膨らんでいる。

新之助は、小湊に早く着いて急ぎ藩庁に上りたいという気持ちがある反面、隣に座る深雪と手と手を取り合ってどこか遠くに逃げ出したい気持ちを抑えることができなかった。二人で奥州の山奥の村に行って、いつくしみあって静かに暮らしたい。それができれば、どんなにいいだろうか。あらぬ想念が新之助の胸を去来する間に、船はゆっくりと小湊の港内に入っていった。

「刺客は襲ってくるだろうか?」

新之助は、深雪にだけ聞こえる声でささやいた。

「まもなく日が暮れます。陸に上がって、城下に向かう街道の途中で襲ってくるものと思われます。本藩は、今度の事件の一部始終を記した書状をあなた様が藩庁に持参することを知っています。それをなんとか奪い取ろうとするでしょう」

深雪の言葉を聞いて、新之助は襟元に縫い込んだ言上書を羽織の上から軽く触った。

「そう言えば、かつて島の浜辺で虫鳴きの衆に襲われた時にそなたに助けられたが、あの企みをどうして前もって知り得たのかな?」

「あれは、田島儀兵衛様が一味の動きを察知してそれを甚六さんに伝え、その伝言を浦半でお紋さんと一緒に聞いたのです」

「田島は、本藩に通じていたのか?」

「かつては、そうでした。ただ、本藩のあまりのやり様に愛想をつかされたのではないでしょうか。だから、途中からあなた様を心底お助けするようになられました」

深雪の言葉に新之助はなるほどと深く納得するものがあった。

このたびも田島儀兵衛を供に連れてこようかとも思ったが、難破した船の船頭や水主らを西浦の番屋に留めており、その監視と破船の処理のため代官に代わるものとして島に置いてくるしかなかった。一方で、あらかじめ藩には今晩登城する旨の使いを出していたが、藩庁もこの事件の対応に追われているのか、港には迎えの藩士は一人も来ていなかった。

港から、藩主館までは二里ほどだから一刻ほどで着くだろう。その間、しばらく海際の街道を歩くことになる。日が長くなったとはいえ、藩主館に着くころにはとっぷりと暮れて夜中になると思われた。

同じ船に乗ってきた商人たちがてんでに散らばり、新之助は先に立つ深雪の後を数歩遅れて付いていく。背後から照らす夕日が次第に明るさを失い、徐々に長く伸びる影が薄くなって、あたりがめっきりと暗くなった。

夕闇の中に海にそそぐ川にかかる小さな橋がおぼろげに見えてきた。その橋の袂に差し掛かる時、深雪が何気なく手を横に差し伸べた。それを見て、新之助は、刀の鯉口を切った。

ひゅっと風を切る音がして黒い棒手裏剣が飛んできた。それを危うく避けると、橋の先を歩んでいた二人の中年の商人が振り返って、それぞれ仕込み杖から長脇差を抜いて手元に構えた。

それとほぼ同時に、道の両脇から、浪人者が三人ほどばらばらと湧き出てきた。後ろからは、さらに二人、町人の身なりをした若い男たちが、長刃の匕首を懐から出して近づいてきている。

「中条、覚悟っ」

浪人の一人が、刀を大上段に構えて、気合とともに振り下ろしてきた。新之助は、かろうじて避けると相手の胴を狙って横に薙《な》いだが、間合いが遠くて届かない。

その隙に、第二、第三の浪人が抜刀して駆け寄ってきた。新之助は、気が動転して、どうしたらいいかわからなくなった。浪人が繰り出す喉元への突きを避けながら、あわてて刀を突き出すが、軽く横に払われた。鋭い太刀風を感じて、思わず飛び下がったが、橋の欄干に腰をしたたかに打ちつけた。

落ち着け。

新之助は、全身に緊張がほとばしる中、ようやく道場で習った無構えの姿勢を取った。その直後、大兵の浪人が振りかぶった刀が眉間に落ちてくる瞬間、新之助は斜め前に跳んだ。新之助の剣先が相手の首筋を鋭く刎ねて、さらに次の浪人に向き合った。

仲間が斬られた浪人は、一瞬驚いて動揺を見せたが、すぐに立ち直って、真っすぐ新之助めがけて突きを入れてきた。それと交差するように、新之助は体を入れ替えると、流れるように刀を滑らせて浪人の腕の付け根から脇の下にかけて大きく斬り払った。

その直後、斜め後ろから袈裟斬りに来る別の刃風を感じた。新之助は、振り向きざま刀を合わせたが、橋床に足を滑らせて体勢を崩すと無様に尻もちをついた。

万事休すだ。

新之助が、無理を承知で刀を下段に振るったが、その切っ先はむなしく空を切った。

その時、「助太刀に参った」と大音声に叫ぶ声がした。

見ると、羽織を脱いだ武士が二人駆け寄ってきて、一人は、あわてて向き直った浪人の肩口を一刀のもとに鮮やかに斬り裂いていた。

その向こうでは、深雪が、右手に小太刀を持ち、左手に短剣を握って、町人に扮した刺客四人を相手に果敢に戦っていた。しかし、激しく斬りたてられて次第に劣勢に回っている。

そこに駆け付けた武家二人が、それぞれ長脇差を構えた商人風の中年男たち二人に斬りかかった。たちまち気合と怒号が飛び交う乱戦となったが、技量で上回る武士二人がわずか数合《すうごう》で男たち二人を斬り伏せた。

新之助は、その間を抜けるように駆けて、今まさに深雪にとびかかろうとする若い男の背中めがけて刀を伸ばしてその肩先を突いた。不意を突かれた男の匕首は深雪の胸元まで届かず、二の腕を浅くかすめただけだった。男が慌てて振り返った瞬間、深雪は短剣でその匕首を叩き落とすと、瞬時に小太刀で若い町人の喉元を薙いだ。

それを見たもう一人の町人は背中を見せて逃げ出そうとした。その背中に深雪が短剣を投げつけ、倒れ込むところを新之助が駆け寄った。町人は振り返って鋭く匕首を突き出してきたが、新之助の刀は男の上体を肩から胸にかけて大きく切り割り、一連の斬り合いはようやく終わりを遂げた。

「遅くなってすまん。藩庁での審議がえらく長引いた」

武家の一人が、刀を腰に納めながら、新之助に声を掛けた。月明りに照らされた顔を見ると、同門の桜井正吾だった。

「危ないところだったな。後始末は、おれたちがしておく。貴公は藩庁へ急げ。藩公がお待ちだ」

後ろで声のする方を振り向くと、こちらも道場仲間の川合育三郎だった。

「恩に着る。助かった」

新之助は、二人に礼を言うと、深雪の方に駆け寄った。

「怪我はないか？」

深雪もさすがに激しい息づかいをしていた。

「敵はいずれも手練れでした。あのまま長く戦えば、わたくしは斬られていました。お二人の助太刀に救われました。それに危ない所をあなた様に助けられ、ごく軽い傷で済みました」

見ると、袖が半ばちぎれて、着物の二の腕の辺りに血がにじんでいた。

「歩けるか？」

「大丈夫です」

ようやく緊張が解けたのか、深雪が白い歯を見せた。新之助も、体中に重い疲労を感じていたが、ひとまず難を切り抜けたとほっと深い息をついた。

それから半刻ほど夜道を歩くと、月明りの中、遠くに藩主館が見えてきた。道端で篝火が焚かれている。館から足軽が出て、検問をしているようだ。ここまでくれば、刺客の手からは逃れたものと思われた。

「某《それがし》は、これから藩庁に向かう。そなたは、休まず江戸に向かわれるか？」

深雪はこの先の長旅を思ったのか再び緊張した硬い顔付きでうなずいた。

「そうします。事は急を要しますので。本藩は、わたくしたちを殺《あや》め損ねたと知ったら、江戸屋敷に急使を立てて幕閣にあらぬ事を訴え出るやもしれません」

「いかにもそうだな。して、江戸はどちらに向かわれる？　兄上殿の御屋敷か？」

「そうなりましょう」

「ここで別れることになるが、よろしければ兄上殿のお名前を聞かせていただけないか」

「よろしゅうございます。兄は、勘定奉行の添え役で勝野庄一郎と申します」

「勝野殿か。奉行の添え役とは、はたして由緒正しい家柄のお旗本だな。しかと承った。できることなら、江戸で会おう」

「屋敷は桜田門の近くです。お待ちしております」

深雪は、重苦しく思い詰めた表情に一瞬だけ晴れやかな色を浮かべて新之助の目を見た。そうして軽く頭を下げると、藩主館に向かう道から逸れて、一人暗い街道筋へ入っていった。

老中御用部屋

何度も誰何《すいか》されて藩主館にたどり着くと、新之助は、すぐに奥まった書院に通された。

そこには、藩主の響四郎が中央奥に座り、右に家老の樋口主膳、左に郡奉行に上がった小野寺源之進が控えていた。

新之助が、「ただいま島より到着致しました」と告げると。響四郎が、重々しく「ご苦労」とねぎらって、すぐに言葉を継いだ。

「事の次第は早飛脚の知らせで承知しておる。詳細は改めて聞くが、船乗りたちは、全員島の西浦の番屋に留め置いているのか？」

「左様でございます」

新之助は、平伏したまま答えた。

「荷物も全て回収して動かしておるまいな」

「おっしゃる通りです」

「三艘目の船は、津島屋六右衛門の五百石船と分かったが、東浦に寄らずに、小湊まで来たところを押さえた。中には、干し鮑と煎海鼠が満載してあった。津島屋以下、乗り組みの水主らも港の陣屋に留め置いておる」

新之助は、黙って頭を下げた。

「さて、これからどうするかだが、先ほど芳蓮院様とも相談して参った。すぐに江戸に上って、公儀にありのままを報告する。それゆえ、そちの持っている言上書は、そのまま持参して参る。よいか」

「はっ、承りました」

新之助は、そう答えて、顔を上げた。久しぶりに見る響四郎の顔は、以前と少しも変っていなかった。やや硬い面持ちだったが、ひどく緊張しているわけでもなく、むしろその佇まいからかつて側に仕えた時と変わらぬ平常心が感じられた。そして、ありのままを報告すると言い切る響四郎に、新之助はこの窮地を打開する可能性らしきものをわずかながら見出せるような気がした。ただし、事態は全く予断を許さなかった。


文政十三年（後に改元されて天保元年）のこの時、江戸幕府は十一代将軍家斉の治世であった。その奢侈な生活ぶりから幕府の財政は逼迫し、贈収賄が横行するなど幕政も著しく腐敗して綱紀は緩んでいた。江戸城の西の丸に次の将軍となるべき徳川家慶がいたが、家斉の権勢は強大で、家慶を補佐する任にあった水野忠邦は切歯《せっし》扼腕《やくわん》する日々を送っていた。

その水野忠邦を響四郎と新之助は西の丸の老中御用部屋に訪ねていた。

「その方らが預かっている華島で何やら事件があったようだな」

水野老中は、響四郎の顔を見るなり、顎を上げて言った。水野の脇には、体格のよい三十絡みの侍が控えている。引き締まった精悍な顔立ちで、響四郎の脇に控える新之助を鋭い目で見据えていた。

「華島の沖合で、唐来品を積んだ薩摩の船が、俵物を積む加賀の北前船と交易を図りましたところ、突風が吹いて岸辺にて座礁しました」

「難破船は、いかがした？」

「二艘とも破損しましたが、北前船の方は近くの港に引き上げまして修理しております。乗り組みの者どももはすべて捕らえて島の陣屋に留めております。また荷物も、ことごとく陸に上げて動かしておりません」

水野は「ふむ」とうなずいて、ふと怪訝な顔をして言った。

「それで、なぜわしのところに来た。その報告ならば、まず本丸の老中、さしずめ首座の水野出羽守忠成《ただあきら》殿に持ち込めばよいだろう」

響四郎は、目線を上げるとおもむろに答えた。

「こちらの水野越前守様には、かねて御藩の塩田恭之介殿を浜名藩の江戸屋敷に遣わされ、某《それがし》めに親書を下された経緯がございます」

「そうであったな。それで？」

「本丸の出羽守殿にこの話を持っていけば、まず多額の献金を用意せねばなりませぬ。わが新田藩は小藩ゆえ、いささか荷が重うございます」

「そうかな。華島では抜け荷の場所貸しでしこたま儲けているとの噂も聞くぞ」

「それは偽りの噂でございます。もしそうなら、最初から出羽守殿のところに伺っております。こちらに参りましたのは、これからの幕府財政のあり方を考えてのことでございます」

「ほう。羽州新田藩は外様の支藩だが、その藩主が幕政の行く末を案じていると申すか」

「左様でございます。出羽守殿は、貨幣の改鋳と大量発行を繰り返されるおつもりでしょうが、それでは一時的に収入を得ても、物価は高騰し、民の暮らしは厳しくなります。そうなりますと公儀にとっても良い結果は望めません」

「ならば、何とする？」

「それは、越前守様がすでにお考えのことかと存じます。まず出費を抑え、と同時に得るものを増やします。すなわち、倹約を奨励し、一方で産業を発展させ、公儀が得る運上金を増やします。抜け荷は厳正に禁じて、長崎貿易を元のように栄えさせます」

「抜け荷を禁じる方法は何かあるか？」

「それも、すでにご思案されていらっしゃるかと思いますが、いくつかある抜け荷の取引場所を公儀の管理下に置きます。つまり上知です。それを、同時に複数箇所行います」

水野は、少し身を乗り出して響四郎の目を覗き込むようにした。

「複数箇所とな。それはどこか？」

「まず、新潟です。次いで富山。できれば酒田、能登、金沢、敦賀、境、赤間関（下関）。そして蝦夷地です。もちろん華島も入ります」

「面白いが、その上知を断行しようとすれば、おそらく各藩の猛烈な反発を受けようぞ」

「ですので、動かぬ証拠を突きつけます。今回は華島ですが、これは氷山の一角です。このたびと同じような難破事故はこれからも起こりましょうし、今度得た抜け荷を売り捌く道筋に網を張って精緻に調べれば、やがて芋づる式に抜け荷取引の全容を把握することができましょう。そうなれば、各藩主も公儀の上知の命令に従わざるを得ないと存じます」

水野は、ふんと軽くうなずくと、急に声音を変えた。

「それで何が望みだ？　この難破船の一件を闇に葬りたいという気持ちはわかった。それ以外には何だ？」

「羽州本藩と羽州新田藩との仲違いを終わりにしとうございます」

「なるほどのう。しかし、それには、華島の件を少しは表沙汰にして、お主《ぬし》らにも罰を与えることになるぞ」

「もとより覚悟の上でございます。これまでのように隣の藩にいろいろと要らざるちょっかいを出されては、わが藩の領民が哀れでございます」

「そうか。ならば喧嘩両成敗ということにいたそう。水野出羽守とは存念も手立てもいささか異なるが、古くは同じ水野一族に連なる間柄ゆえ、わしの意見も少しは聞いてくれるだろう。明日にも、本丸の老中部屋に出羽守を訪ねるがよい」

響四郎は、深々と平伏した。

「ところで、そこに控えている者は誰か？」

「華島の代官で、中条新之助と申します」

響四郎が答えると、水野は軽くうなずいて、「そうそう」と言葉を足した。

「ここにいるのは、勘定奉行の添え役で勝野庄一郎と申す者だ。この家の者が華島の様子を詳しく知らせてくれたようでな、わしもそれで大いに助かっておる」

新之助は、少し驚いて勝野の顔を再び見上げた。深雪の兄であった。

翌日、響四郎と新之助は、本丸の老中御用部屋に水野出羽守を訪ねた。

七十に近い老人であるが、鼻が大きく頬が垂れたふくよかな顔に生気をみなぎらせている。昨日会った三十半ばの引き締まった顔付きの水野越前守とは、見た感じも所作や物言いも全く異なっていた。

「そういえば、昨日、わが屋敷に干した鮑や煎海鼠などを入れた箱が二十ほども届いたが、やけに重いというので用人が開けてみると、五千両の小判が入っていたと聞いた。先ほど水野越前守がやってきて、よろしくと言っておったが、越前守にも同じ貢物を差し出したのかの？」

響四郎は、深く平伏すると恐縮して答えた。

「申し訳ございません。小藩につき、ご用意できたのは、出羽守様お一人だけでございます」

「そうか、それでよい。越前守は、貢物が苦手での。あの者は、権力というのが大の好物らしく、早く握りたくてたまらんようだ。それで、今度の騒ぎも上手に使って、薩摩の島津や長岡の牧野、富山の前田あたりの弱みを握り、自らが将来老中首座となって権勢を振るうのを邪魔立てさせまいとの腹だな。あの者が、唐津から浜松に移ったり、さらに蝦夷地の普請に手を出したりするのも、みなその権勢欲から来ている。ま、人それぞれだが、あのように欲深のくせに四角四面では人は付いてこない。長続きはせんな」

響四郎と新之助は頭を垂れて、黙って聞いていた。

「それで、今度の件だが、要すれば華島の不始末はひとまず不問に付す。もちろん洗いざらい調べ上げた上で、当事者の薩摩と松前には厳重に取り締まりせよと申し渡すがな。いざとなれば、薩摩には長崎会所の唐物販売を差し止めるぞと言い、松前藩には再び蝦夷地を上知するといえば、彼らは従わざるを得まい。その上で、羽州本藩と新田藩には華島の預かりにつき不行き届きがあったと咎めるとともに一層の注意を促すと、こういう筋立てかな?」

響四郎と新之助は「よろしくお願いいたします」と床に頭をつけた。

「まあ、よいが、幕閣もなかなか物入りでの。この手の差配を施すのに、いささか費えがかかる。というわけで、今一度干し鮑など食したいが、頼んでもよいかな」

「もちろんでございます」

響四郎の即答に、出羽守は薄く笑った。

「華島というところは、どうしてなかなかの実入りがあるようじゃな。加えて近頃は夏になるときれいな紅《あか》い花が咲くと聞いた」

今度は、新之助が答えた。

「左様でございます。蝦夷地の砂浜でよく見られる浜茄子が華島の海岸でも紅色の花を多く咲かせます。北前船が運ぶ荷に種が付いて島まで運ばれてきて根付いたものと思われます。夏には美しく咲く紅い花が見事で、それゆえ華島との名が付いたと聞いております」

「なるほど。人はごまかせても、自然はごまかせんの。その紅い島に紅珊瑚だの朱墨だのが入ってきて、紅《あか》だの朱《あか》だの赤は赤でもなにやら賑やかじゃのう」

出羽守は、高笑いすると後ろに控えた近習に促されて忙しそうに座を立った。響四郎と新之助は足音が遠ざかるまで畳の目を読むように平伏していた。

その日の夕刻、響四郎は、追って沙汰あるまで謹慎をせよと命じられて、譜代重臣の菊川藩の江戸屋敷に移された。新之助もこれに従った。

菊川藩江戸屋敷

暑い夏が巡ってきた。響四郎と新之助が羽州新田藩に行くことになってから四回目の夏である。梅雨が明けて朝から強い日差しが降り注ぐ中、幕府から響四郎に沙汰があった。華島での事件発覚からひと月半が経っていた。

抜け荷は全て没収され、また抜け荷を運んでいた船主の商人らは財産に重い過料が科せられた。抜け荷仲買人は家屋敷没収の上追放に処せられた。その他水主たちもそれぞれ厳重な叱責を受けた。

新田藩には、藩主の響四郎に対し幕府より天領である華島の預かりに不行き届きがあったとして厳重な注意が与えられ、家老の樋口主膳は隠居を命ぜられた。他方、羽州本藩にも、新田藩の華島の統治に対して不届きな干渉があったとされ、中老の飯沼勘解由が名指しで非難された。飯沼の反発により羽州本藩から幕閣に対して執拗な反論が試みられたが幕府はこれに取り合わず、かえって飯沼の永蟄居すなわち事実上の罷免を命じた。

謹慎していた菊川藩の江戸屋敷で幕府の使者を受けた響四郎は、菊川藩主に沙汰があった旨報告して丁重に礼を述べると、謹慎が解けたことにより新田藩が懇意にしている本陣宿に移った。この後、世話になった水野出羽守、水野越前守ら幕閣の重職らにお礼の挨拶に参上する務めが残っていた。

「抜け荷は天下の大罪ゆえ関わった者全てに死罪が申しつけられるところ、このたびは響四郎様のお陰で誰も命を落とさずに済みました」

新之助は滞在先の奥座敷でくつろぐ響四郎に出府後初めてお礼の言葉を伝える機会を得た。

響四郎は、首を振って言った。

「いや、公儀は、これで事を収めたつもりではない。単にしばらく様子を見ようとしているだけだ。現に今回事件に関わった者たちに対しては、今後厳重な見張りをつけるだろう。それに新潟の佐藤屋清助はこの先ずっと目を付けられて厳しく探索されるに違いない。もちろん津島屋六右衛門もそうだ」

「津島屋は、出羽守への献金で大変な散財でした」

「なに、あわせて一万両で首の皮がつながったと思えば、津島屋にとっては安いかもしれん。もっとも、この先のお礼参りで、出羽守からはさらに要求されるだろうから、その金は佐藤屋に用立ててもらわねばならん」

「そのあたりの指図は、すべて芳蓮院様が出していらっしゃるので？」

響四郎は軽くうなずいた。

「あの庵主は、大変な女傑だな。新田藩の尼将軍だ。わしもその掌の上で踊っているようなものだ。もっとも夫と息子を相次いで病で失い、良い話し相手だった用人の久保を亡くして今は寂しいだろうがな」

「羽州本藩は、今回の沙汰に納得せずに引き続き華島を狙ってくるでしょうか?」

「いや、もはやあの離れ小島にこだわっている暇はないだろう。むしろこれからは酒田や鶴岡での抜け荷取引を大きくする方に精力を注ぐだろうが、すでに公儀に目を付けられている。どこまでうまくいくか、わからんな」

新之助は、うなずきながら「もう一つ」と聞いた。

「樋口家老は、隠居と相成りましたが、ご子息は凡庸との噂を聞いたことがございます」

響四郎は、笑って手を振った。

「あれは、樋口が息子を守るために勝手に流した噂だ。いや、嫡男は、なかなかの俊才だな。やがて新田藩の屋台骨を支える逸材であることは間違いない」

響四郎は、そう言ってから、ふと言葉を継いだ。

「そう言えば、先ほど国元から連絡があって、室の浜御前が羽州本藩に戻ることになった。本藩からすれば、置いておいても意味がないということだろう。それに浜御前も一度会ってわかったと思うが、なかなか自由奔放な女子だ。わしとは意外に気が合っていたがな。公儀から達しがあって、新田藩といえども、江戸に屋敷を設け正室を住まわせて参勤交代せよとのことだ。

この先住み慣れた羽州を出て江戸に移って手狭な藩屋敷で一生過ごすなど、気詰まりで面白くないのであろうな」

「それでは、お蘭の方とご一緒に本藩へ？」

「もちろん。あの二人は一心同体よ。というわけで、わしは妻に三行半を突きつけられたというわけだ。それに……」

新之助は、一瞬口ごもった響四郎の口元を見た。

「それに、そちの同僚だった近習組の桃井助之丞が奥女中の一人と国を出たそうだ」

「桃井が出奔したと……。脱藩ですか？」

「そういうことになるな。あやつ、本藩が浜御前に付けてきた間者の女中と親しくなって、いろいろと情報を流していたらしい。それで奥向きの痴話喧嘩にも詳しくなったのだろうが、浜御前が本藩に戻ると用済みとなると思って、女と手と手を取り合って国境を越えようとしたらしい」

「追手を放たれましたか？」

「まさか。当藩にとっても桃井は今一つ腹が読めず使いづらい男だったがな。国境を越えた途端に間者の女中か、あるいは虫鳴きの衆に仕留められるだろう。かわいそうなことだ」

新之助は、やけに金回りがよく奥御殿の噂に詳しい桃井の舞台裏がこれでわかったと思った。かつての同僚ではあったが、響四郎が言うように自業自得のような気がした。

やがて、新田藩から新たに大量の干し鮑と煎海鼠が届けられた。もちろん、その箱の底には五千両の小判が敷き詰められている。

そうして本丸老中首座の水野出羽守、西の丸老中の水野越前守へのお礼言上の日取りが整えられた。

その日、珍しく響四郎は、朝から気が逸《はや》るのか落ち着かない様子を示した。今回も新之助が同行したが、朝四つ（午前十時）に出羽守に会いに行ったところ急用が入ったとかで長らく待たされた。あげくに夕七つ（午後四時）に出直して来いと言われて、先に西の丸に回って水野越前守に会うことになった。

「まずもって祝着であったな。ただし、先日その方がここに来た時に、わしと話したことをよく覚えておけ。いずれ幕政を立て直す時が来る。そう遠くはないぞ。それまで、たっぷりと材料を集めてやるわ。もし、再びこのたびのようなことがあれば、すぐにわしのところに来い。よいな」

響四郎は「承りました」と短く答えて、西の丸の老中部屋を辞した。

本丸の老中部屋に参上したのは、すでに西日が障子から斜めに差し込んでいる時刻だった。

「そうか、また干し鮑を持ってきたか。よしよし。華島のこと、よろしく頼んだぞ」

上機嫌の水野出羽守はそれだけ言うと、忙しく座を立って次の客の待つ座敷に向かっていった。新たな貢物の種が見つかったのかもしれなかった。

根津権現、再び

千代は、朝からぼんやりとしていた。ぼんやりとしていたが、気持ちは落ち着かなかった。むしろ心ノ臓が早鐘を打つように緊張していたと言ってもよい。

あれから四年が過ぎた。今日という日を待ちわびていたのか、と言うと、そうでもない。それどころか、いろいろなことが起こり過ぎた。夫の文三郎が病で死に、お夏が生まれた。紙問屋の株仲間から外され、商売が立ちいかなくなって店を移し小さくしたところで、大火に遭った。そこで九死に一生を得たと思ったら、若狭屋の大旦那に言い寄られた。それを切り抜けたと同時に、今の薬種問屋に雇われ主人として引き取られた。ある意味、今が一番生活は安定しているが、一方で全く落ち着かない暮らしである。周りにいる人間は盗人稼業ではないものの、何をしているか今もって判然としない。それに近頃は、人相の悪い浪人者が家の周りをうろつくのを見かけるようになった。もっとも、お夏はすくすくと育っている。それだけが励みである。

「それにしても……」

千代は、一人つぶやいた。このひと月余りの店の手代たちの行動は全く不可解だった。それまでも外回りは多かったが、このところ誰も全く日進堂にいつかなかった。番頭の勝野庄一郎がいないのはいつものことだが、手代の達吉も助六も、そしてたまに見回りに来る平蔵も全く姿を見せなかった。それでいて、なぜか時折監視されているような気がした。

それがどういうわけか、二三日前から、朝から晩まで手代二人は店の中でのんびりと帳簿付けを始めた。たまに二階の薬種蔵に上がって、雑談をしている。勝野庄一郎も珍しく昨日は半日ほど店にいて、千代と世間話をしていった。夕方になって、平蔵が供をして若い娘を連れてきた。黒い瞳が目立つきりっとした美貌で、町人風の装いだったが、しなやかな身のこなしに勝野と同じ隙のない雰囲気を感じた。身なりは質素だったが、大身の武家の娘ではないかと思う。何も言わずに丁重に会釈して店の様子をさらりと眺めると去っていった。いったい何者だろうか?

そうこうするうちに、昼時になった。お夏にそうめんをゆでてやり、それからゆっくりと化粧をした。

「母たま、どこかへお出かけするの?」

三つになるお夏がまとわりつくが、千代はあまり気にならない。心は上の空だった。別に会えなくてもいいんだ。いや、きっと会えないだろう。そう心の中で思っていた。

身支度を済ませると、千代はおくみに、

「お夏の面倒を見ていてくれる？　ちょっと根津権現まで行ってくる」

と伝えて、店を出た。どうしたわけか、突然気が急いて急ぎ足になった。

そうして境内にある小川にかかる橋の袂が見えるところまで来ると、胸の動悸が否が応でも高まるのを感じた。もう、どうしようもない。千代は小走りに走った。

しかし、橋の袂には誰もいなかった。

「こうなることはわかっていたんだ」

千代は、また独り言をつぶやいた。

しかし、千代は、その場を立ち去りがたかった。あの日出会った時刻は、今頃だったっけ？

もう少し後だったんじゃないかしら……。

千代は自問自答しながら、辺りを見回した。誰も千代の所作を気にする者はなく、思い思いに参道をそぞろ歩いている。千代は、西日が傾くまでここで待とうと思った。何かの都合で遅れているのかもしれない。きっと、そうに違いない。

千代は、そう自分で思い込むようにすると、一人ぽつねんと橋の袂に立った。人待ち顔で立つ若年増の女房を見て、怪訝な顔をする参拝者はいたが、声を掛けてくる者はいなかった。

短いようで長い時間が過ぎていった。一刻余り佇んでいたのだろう。辺りはすっかり暗くなっていた。千代は泣き出したいような気持ちになったが、泣かなかった。

「ばかね。ばかだよね」

千代は、そう声に出して踏ん切りをつけると、とぼとぼと店に戻っていった。

店では、お夏が千代のことを待ちわびていた。

「母たま、一人でどこに行ってたの？」

お夏の言葉に、千代は寂しく笑って言った。

「すぐそこよ、根津の権現様」

「母たま、ずるい。夏を置いてきぼりにした」

お夏が大げさに怒った顔をした。千代は「ごめんね、ごめんね」と言って、お夏を抱きしめた。むずかる娘に頬ずりをすると、お夏が急にそっぽを向いて言った。

「夏も権現様にお参りしたい。連れてって」

千代は、疲れていた。西日に晒されながら、一刻余も橋の袂に佇んでいた。

「お夏、もう遅いよ。外は真っ暗だよ。また今度ね」

千代はそう言ってお夏をなだめた。すると、お夏が急に店先の土間の方に走っていった。あわてておくみがお夏の後を追った。

でも、と千代は思った。お夏がそこまで言うのなら、もう一度だけ行ってみよう。行くだけ行ってすぐに帰ってくれれば、諦めがつくことだった。

千代が、お夏を連れて根津権現に行くと、すでに日は西に沈んで夕焼けの余韻が残っているだけだった。道はまだおぼろげに見えたが、参道の周りの店はぽつぽつと行灯の灯をともし始めていた。

お夏は嬉しそうに、時折走り出して少し前に進むと千代を待った。そうして、千代とお夏は、再び小川にかかる橋の袂に近づいた。

やはり、待っている人はいなかった。千代は、再び絶望の淵に落ちる思いがしたが、気を取り直してお夏の行く先を見守った。お夏が橋げたにかかるところで躓《つまず》いて転びそうになった。

「あっ」と千代が思ったところで、転びかけたお夏を抱きとめた人影を見た。武家姿だった。間違いない。あの人だった。

千代は急いで駆け寄った。若い侍は四年前と同じく優しくて堂々とした姿だった。以前にその整った顔立ちから受けた若々しさは少しく影を潜め、その容貌からはむしろ落ち着いた威厳のようなものが感じ取れた。

「待たせた。お会いしたかった」

侍がお夏を抱き上げた。その胸に、後ろからお夏を抱きかかえるように千代は飛び込んだ。千代は泣いていていた。


千代は、秋を迎えると響四郎と千代の二人の人柄を見込んだ菊川藩藩主の養女となり、その年の暮れ、お夏を連れて響四郎の正室として羽州新田藩に嫁いでいった。根津界隈では、商家の子連れの若後家がある日突然北国の大名の奥方様になったと大層な評判になった。

浜に咲く花

春が巡ってきた。抜け荷船の難破があってから、まもなく一年になる。雪が解けて、再び明るい陽光が海面をきらきらと光る織物と見まがうばかりに照らしている。

「ようやく勝野の家を出て御役を離れてよいとの勘定方のお許しが下りました」

深雪が、海を見ている新之助に寄り添うように立っている。

「祝言は、いつにするんだと、先日藩主館に出向いた折に、響四郎殿から催促された。できるだけ早くに、とお答えした」

「お千代様も、ひとまず落ち着かれたようですね。まもなく江戸屋敷にご出立とか」

「そもそもお姿も美しくお心も真っすぐなお方だし、何といっても芯がしっかりしてらっしゃる。芳蓮院様が、娘と孫が同時に出来たようだと大層喜んでおられた」

「ようやくこの藩も安泰かもしれません」

新之助は、深雪の方を振り向いて微笑んだ。

「そなたのお陰だ。そなたが兄上にいち早く正しい知らせを入れ、それを庄一郎殿が老中お二人に前もって丁寧に上げていただいた。悪し様に讒訴されれば藩は取り潰し、われらは切腹、船乗りはもちろん島の名主たちまで死罪を免れぬところだった。そなたが、この島を救ったようなものだ。それに私の命も救ってもらった」

「そんなことはありません。いつぞやの斬り合いでは、わたくしもあなた様に助けていただきました。それに、もう御役を離れましたから、私はここでただ穏やかに暮らしたいだけです」

「お、そなたにしては珍しく安らいだ物言いだな。いつも気持ちを張り詰めている女子かと思った」

「まあ、ひどい。でも、わたしは、あなた様から、まだはっきりとお気持ちを伺っておりませんわ」

新之助は、おしいただくように深雪のしなやかな手を取って言葉に力を込めた。

「某《それがし》の妻になってほしい」

深雪は、恥ずかしそうに、しかし嬉しそうに心の底から応じた。

「ずっと一緒にいてくださいませ」

そうして、二人でまた海を見た。

「しかし、兄上は、どうしてお千代殿を店に迎え入れたのかな」

「兄に聞きましたら、あれは監視していたのではない。本藩の手の者が思わぬ狼藉を仕掛けるやもしれないので、母娘ともかくまっていたのだと申しておりました」

新之助はうなずくと、近くの砂浜に広がるように生い茂る薄緑の草葉を手に取った。

「月が替われば、浜茄子が咲き出すかな」

「この辺りは、一面に薄紅の花で点々と覆われましょう」

「華島は美しい島だ」

「本当に……」

「いずれ浮き物などといった噂も立ち消える時が来るかもしれんな」

「そう遠くない先に、外の国々と自由にものを売り買いできる世になるかもしれません」

「むしろ、そうなってほしいものだな」

新之助は、海からそよぐ薫風を胸いっぱいに吸い込んだ。潮の辛さの中にかすかに甘い香りがした。

これまでさまざまなことに揺らぎ漂い流されてきた自分の生きざまが、今こうして華島でようやく地にしっかりと足が着いた心持ちがした。そして、連れ添う人とともに砂地を踏みしめる足がまもなく新しい一歩を刻むことになる。

新之助は、そっと新妻となる深雪の横顔をうかがった。

深雪は、大きな黒い瞳で真っすぐ海の彼方を見据えている。二人が未来に進む方角を遠く見定めようとしているかのようだった。


（了）

山本貴之　やまもと・たかゆき
一九五九年静岡県生まれ。
東京大法卒、ジョージタウン大学法学修士。
銀行勤務の後、コンサルティング会社を経て、
現在は空港運営に携わる。
本作で第十五回日経小説大賞を受賞。
『M＆A神アドバイザーズ』『金融再生請負人』の著作がある。

紅珊瑚《べにさんご》の島に浜茄子《はまなす》が咲く

二〇二四年三月一日　第一刷

著者────山本貴之

発行者────國分正哉

発行────株式会社日経ＢＰ
日本経済新聞出版

発売────株式会社日経ＢＰマーケティング
〒一〇五─八三〇八　東京都港区虎ノ門四─三─一二

印刷・錦明印刷／製本・大口製本
ISBN978-4-296-12001-7　Printed in Japan